Libérer Rahia

www.casterman.com

Conception graphique : Muriel Lefebvre

ISBN 978-2-203-02471-7

Achevé d'imprimer en décembre 2009, en Espagne par Edelvices.
Dépôt légal : février 2010 ; D.2010/0053/145
Déposé au ministère de la Justice, Paris (loi n° 49.956 du 16 juillet 1949
sur les publications destinées à la jeunesse).

Yaël Hassan

LIBÉRER RAHIA

FEELING
casterman

Blandine

Le jour où mon père m'a annoncé que nous quittions définitivement le Maroc, j'aurais sauté au plafond de joie. Faute de pouvoir l'atteindre, c'est au cou de mon père que je me suis précipitée.

Enfin, nous rentrions à Paris (que j'avais quitté à l'âge de douze ans) où m'attendrait une nouvelle vie ; j'allais pouvoir sortir sans être systématiquement accompagnée par un chauffeur, aller au cinéma, assister aux concerts de mes chanteurs préférés, me faire de nouveaux copains et copines.

Le pied !

Oui, j'étais vraiment contente, moi.

Contrairement à ma mère que la nouvelle rendait carrément malade.

— Vous saviez, pourtant, que ce poste d'expatrié prendrait fin, tôt ou tard ! lui répétait papa à longueur de journée, lors des préparatifs de retour qu'elle se refusait à faire, laissant ce soin aux femmes qui étaient à notre service.

Il faut dire qu'elle se la coulait douce, au Maroc ! Quand elle levait le petit doigt, ce n'était que pour leur donner ses directives, tandis qu'elle, ma chère mère, se prélassait, sortait, recevait, s'amusait...

Forcément, sa vie allait changer...

D'accord, c'était chouette, là-bas : le soleil, la plage, la piscine, mais provisoire, et nous le savions. Il n'y avait donc pas de quoi se mettre dans de tels états.

Ni papa ni moi ne comprenions sa colère.

— Si c'est le ménage qui vous chagrine, nous prendrons quelqu'un ! avait-il tenté de la rassurer. Tenez, la gardienne, par exemple. Elle travaille bien, non ? L'appartement est impeccable à chaque fois que nous rentrons, vous-même en êtes satisfaite.

— Je ne veux pas de la gardienne comme femme de ménage quelques heures par semaine. Il me faut quelqu'un à demeure... avait-elle protesté. Vous êtes d'un égoïsme monstrueux, tous les deux ! Paul, vous avez votre travail, Blandine, le lycée, et moi, vous me condamnez à rester à la maison !

— Mais c'est bien ce que vous faisiez avant, non ?

— Non ! Ce n'était pas pareil. Blandine était petite... Et puis, il y a eu le Maroc... Maintenant, j'aspire à une autre vie.

— Soit, avait accepté papa. Nous essaierons de vous trouver une jeune fille au pair, afin que vous puissiez faire ce dont vous avez envie. Je ferai rénover la chambre de bonne et ainsi...

— Une fille au pair ! l'avait-elle interrompu. Vous n'êtes pas sérieux, j'espère ?

Pour ma part, j'en avais assez entendu et je les avais laissés à leurs disputes, allant rejoindre Rahia, la fille de la cuisinière, avec laquelle je passais pas mal de temps quand j'étais à la maison. Elle est un peu comme la petite sœur que je n'ai pas eue. Je lui ai appris le français et elle se débrouille plutôt bien.

Elle était si triste, quand je lui ai annoncé la nouvelle de notre départ, que j'en ai eu de la peine.

— Peut-être pourras-tu venir me voir un jour ? lui ai-je alors dit pour la consoler, tout en sachant que c'était peu probable car ses parents n'auraient jamais les moyens de lui payer le voyage.

Et c'est à ce moment-là que cette idée stupide m'a traversé l'esprit.

Pourquoi, pourquoi ?

Mais qu'est-ce qui m'a pris ?

Jamais je ne me le pardonnerai.

Je n'avais pourtant pas la moindre intention de lui nuire. Au contraire, je pensais bien faire. J'étais même fière de moi. Pauvre pomme !

Antoine

Je m'appelle Antoine. Tonio, pour les intimes... Donc pour pas grand monde, vu que les amis intimes, voire les amis tout court, à part David, ne se bousculent pas au portillon.

J'ai quinze ans. J'entre en classe de seconde dans un lycée pour gosses de riches situé dans les beaux quartiers. Moi, je suis gosse de concierge. Ou plutôt de gardienne d'immeuble, comme on dit. Mais je préfère dire concierge, car gardien ça fait prison.

Cela dit, je les adore, mes parents, et ne les échangerais pour rien au monde. En plus, je m'entends super bien avec eux, ce qui n'est pas le cas de mon pote David, le fils du couple d'avocats du deuxième, qui en veut terriblement aux siens. D'après ce que j'ai pu comprendre, il leur reproche d'être trop occupés. David et moi sommes amis depuis qu'on est tout petits. Je voyais bien qu'il détestait rester tout le temps seul chez lui. Alors, souvent, je l'invitais à descendre. Ma mère le gardait même à dîner, parfois. Depuis, quand il a le blues le soir, David descend et ma mère rajoute un couvert. C'est devenu une habitude. On est donc comme des frères. C'est quelqu'un d'à part, David, un extraterrestre, un surdoué, ce qui ne l'empêche pas d'être le mec le plus cool de la terre. Ce qui est dingue avec lui, c'est qu'il a une relation très bizarre avec l'argent, comme s'il n'en avait rien à faire. Bon, d'accord, c'est un luxe de riche de ne pas s'inquiéter des finances. Mais il ne s'habille que de vieilles fringues et qui ne le connaît pas pourrait le prendre pour un SDF.

Son truc à lui, c'est de faire la révolution permanente en écrivant des discours incroyables pour la défense de tout ce qui est défendable ou plutôt indéfendable sur terre. Quelle que soit la cause, il en a toujours un de prêt. Mon ami David est un utopiste, le nez toujours fourré dans les bouquins. Il passe plus de temps à la bibliothèque que chez lui. Pourtant, chez lui, ce ne sont pas les livres qui manquent… Mais je crois que c'est juste pour embêter ses parents à qui il aime faire croire qu'il passe ses journées à traîner… En dehors du fait qu'ils soient méga occupés, je les trouve plutôt sympas, ces gens, et je me dis souvent que c'est dommage que David ne s'en rende pas compte.

Dans notre immeuble, à part la famille de David, habitent surtout des vieux. Il n'y a que la fille du troisième qui ait notre âge. Elle s'appelle Blandine et vient de rentrer du Maroc où son père avait été muté pour trois ans. Elle m'ignore totalement. Comme si j'étais invisible. On se connaissait bien pourtant, avant. On allait à l'école primaire ensemble, dans la même classe.

Mais c'est surtout sa mère que je ne peux pas voir. Jamais un sourire ni même un signe de tête. Quant au père, c'est comme s'il n'habitait pas là, tant il est discret.

Ce qui est drôle, c'est que l'été d'avant leur retour je l'ai pratiquement passé chez eux. David était en vacances. Je m'ennuyais. Alors, je piquais chaque jour le double de leurs clés, que ma mère garde dans la loge, et je m'éclipsais. Ma mère me croyait à la bibliothèque. J'adore le bureau de M. Audric, le canapé de cuir un peu usé, le parquet qui craque, la lumière s'infiltrant au travers des persiennes. Je montais avec un bouquin.

C'était vraiment super.

Pour en revenir à Mme Audric, la maman de Blandine, il se pourrait bien qu'elle ait un grain. Une vraie hystérique !

L'autre jour, alors que ma mère balayait le

palier du troisième, Mme Audric a brusquement ouvert sa porte et s'est mise à l'accuser d'être une espionne qui écoutait aux portes !

Elle est trop grave, elle !

Le soir, à table, ma mère s'en était plainte.

— J'ai bien peur qu'elle cherche à m'empoisonner la vie, maintenant qu'ils sont rentrés.

— Blandine ne m'a pas adressé la parole depuis leur retour. Pour qui ils se prennent, ces gens-là ?

— Blandine, c'est autre chose. Elle doit être très timide. Ou alors très malheureuse. C'est vrai, elle a toujours un air triste, cette gamine. Mais elle est polie, elle au moins. Elle ne manque jamais de me saluer. Je crois que tu te trompes sur son compte. Il arrive souvent que les gens timides paraissent antipathiques.

— Peut-être, mais elle n'était pas comme ça, avant. Tu te souviens quand on allait à l'école ensemble ?

— Oui, bien sûr, mais vous étiez petits. Elle disait que tu étais son amoureux. Vous étiez si mignons, tous les deux !

J'éclate de rire.

— Ah bon ? Je ne m'en souviens pas ! Elle devait être contente sa mère ! Sa princesse amoureuse du fils de la concierge !

DAVID

Je suis seul, la plupart du temps. Mes parents, bien plus intéressés par leur travail que par leur progéniture, moi en l'occurrence, rentrent toujours très tard. Quand j'étais petit, j'aurais tant aimé que l'un d'eux vienne de temps en temps m'attendre à la sortie de l'école ; mais non, ils envoyaient des filles au pair, des baby-sitters, mes grands-parents, la mère de Tonio aussi, souvent. Puis, quand je suis entré au collège, ils m'ont donné une clé et m'ont dit que j'étais grand, que je pouvais rentrer seul, goûter seul, faire mes devoirs seul, m'ennuyer seul !

En revanche, ma mère est devenue la championne du *post-it*. Elle doit les acheter au kilo. Elle m'en laisse partout, même sur mon mug du petit déj'. Des petits mots avec des bisous et des cœurs, ça elle sait faire !

Pendant longtemps, ça me faisait vraiment

peur de rester seul à la maison et, souvent, j'en pleurais même. Mais maintenant, je m'en fiche. Je suis plutôt content, même, qu'ils ne soient jamais là. Et quand ils rentrent, je ne sors pas de ma chambre et je fais semblant de dormir. Je n'ai rien à leur dire. J'ai l'impression de n'avoir jamais vécu avec mes parents, mais à côté d'eux... Je me demande d'ailleurs pourquoi ils m'ont eu...

Ils sont tous les deux avocats. De grands avocats, comme on dit. Quand j'étais petit, je les admirais. Je pensais que défendre des gens, c'était le plus beau métier du monde. Je me disais d'accord, ils n'ont pas le temps de s'occuper de moi, mais c'est parce qu'il y a des gens très malheureux qui ont besoin d'eux, de leur aide. Et puis, un jour, j'ai réalisé combien il fallait débourser pour être défendu par eux ! Ça m'a écœuré. Je ne suis pas un crétin. Je me doute bien que ça se fait payer, un avocat. Mais à ce point, c'est carrément exagéré !

Alors, moi, plus tard, je travaillerai dans l'humanitaire.

Ou juge pour enfant.

Mes grands-parents, que j'adore, ont pris leur retraite dans le sud de la France.

Je passe toutes mes vacances chez eux. Je pars d'ailleurs la semaine prochaine et ne rentrerai pas avant la fin août. Mes parents voulaient que je les accompagne en Grèce, cette année. Ils ont particulièrement insisté, cette fois. Mais je suis resté ferme. On n'a pas la même conception des vacances, eux et moi, et pour rien au monde je ne renoncerais à l'été passé auprès de mes grands-parents qui me chouchoutent jusqu'à l'overdose.

Tonio dit que j'exagère, il ne comprend pas mon problème avec eux.

Forcément, ses parents sont formidables et il y a de l'amour au kilo dans la loge. Il est brillant, Tonio. Le meilleur de sa classe en tout. Un génie en maths ! C'est lui qui me fait mes exos. Moi, je suis un littéraire. Les chiffres me donnent des boutons.

La fille Audric est rentrée du Maroc cette semaine. Je ne lui avais jamais vraiment prêté attention ; je me souvenais d'une petite fille plutôt insignifiante. En la croisant dans l'entrée de l'immeuble, je ne l'ai pas reconnue tout de suite.

Elle est devenue carrément canon.

— Eh, mais t'es Blandine ! me suis-je exclamé.

Elle a haussé les épaules.

Canon, peut-être... Pas sympa, sûr et certain.

Blandine

Quand j'ai proposé à mes parents d'emmener Rahia avec nous, c'était pour lui donner sa chance, les moyens de s'en sortir, de faire autre chose dans sa vie que le ménage.

Tout le monde était si content. Elle, ses parents, moi, mon père… et même ma mère !

Comment n'ai-je pas compris alors son brusque changement d'humeur ? Voilà qu'elle chantonnait en préparant ses valises, échafaudait des projets, parlait de faire rénover l'appartement de Paris par un décorateur…

Et mon père dans tout ça ? Savait-il ce qu'il en était ? L'avait-il deviné et s'était-il tu pour avoir la paix, pour ne plus entendre ses jérémiades ? Ou ne se doutait-il de rien, comme moi ?

Les parents de Rahia pleuraient de joie, le jour de notre départ.

Et Rahia était rayonnante.

Elle me tenait la main dans l'avion.

Elle croyait vivre un conte de fées... Mais la fée était un bien mauvais génie, en réalité.

Ma mère m'avait laissée entendre que Rahia logerait chez nous, prendrait des cours pour perfectionner son français et qu'en échange, elle lui donnerait juste un petit coup de main aux tâches ménagères.

Voilà ce qui était clairement convenu dans mon esprit.

Mais dès notre arrivée à Paris, quand je lui ai demandé quand Rahia allait pouvoir s'installer dans la chambre de bonne, elle m'a répondu sans la moindre hésitation :

— Rahia dormira dans le débarras. Il est suffisamment grand.

— Dans le débarras ! Mais vous aviez dit qu'on lui aménagerait la chambre de bonne !

Elle avait alors haussé les sourcils, prenant son air profondément étonné :

— Moi, j'ai dit ça ?

— Non mais, j'hallucine, là ! Bien sûr que vous l'avez dit !

— Cela m'étonne, car il ne saurait en être question, ma chérie ! Rahia aurait peur toute seule, là-haut. Tu n'as qu'à lui demander...

Je me suis tournée vers Rahia.

Elle a juste opiné de la tête.

— Enfin, Rahia, ça ne te plairait pas d'avoir une chambre à toi, là-haut ? lui ai-je demandé.

Elle a secoué la tête en jetant des regards furtifs en direction de ma mère.

— Tu vois ! Elle ne le souhaite pas ! a triomphé cette dernière. En plus, j'ai promis à ses parents d'avoir toujours un œil sur leur fille. J'en suis responsable, tu comprends ?

J'ai encore regardé Rahia, qui baissait la tête, puis ma mère.

Mais que s'était-il passé ? Quels bobards lui avait-elle racontés pour la faire changer d'avis ?

Elle me l'avait dit et répété, Rahia : elle en rêvait d'avoir une chambre pour elle toute seule. Une vraie chambre, pas un placard !

— Alors, elle n'a qu'à partager la mienne !

Ma mère a froncé les sourcils, visiblement très choquée par ma proposition.

— Blandine, tu n'y penses pas… Partager ta chambre avec…

— Avec quoi ?

— Rahia, va dans la cuisine, s'il te plaît !

Puis s'adressant à moi :

— Avec une domestique ! Tu déraisonnes complètement, ma fille !

Elle s'est alors approchée, soudain souriante, caressante :

— Ne te mets pas dans de tels états, ma chérie !

Au Maroc, Rahia dormait par terre dans la cuisine. Ici, ce n'est pas un palace, mais elle a un petit endroit pour elle. Tu sais, ces gens-là n'ont pas les mêmes habitudes de confort que nous. La condition de Rahia ne sera pas pire que celle qu'elle avait au Maroc et…

— Pas pire ! Mais le but n'était pas que ce ne soit pas pire ! Le but était de la sortir de là, justement, de l'aider. Ses parents ont assez trimé pour vous, non ? Pourquoi l'avoir emmenée avec nous, alors, si c'était pour lui offrir un placard à Paris ?

— Ma chérie, tu te doutes bien que si nous avions eu une pièce en plus, on l'y aurait évidemment installée. Rahia fait, malgré tout, un peu partie de notre famille. Tu sais, là-haut, les chambres de bonne sont souvent louées à des gens qui sortent d'on ne sait trop où. Et souvent des hommes… Rahia ferait une proie idéale… Elle sera plus en sécurité ici. Tu ne voudrais tout de même pas…

J'avoue que je n'avais pas réfléchi à tout ça.

J'étais perdue, ne sachant plus quoi penser ni dire.

Alors, je me suis tue et j'ai laissé faire. Et vu sous cet angle-là, je me suis dit qu'il valait mieux en effet que Rahia reste avec nous. Quant à l'idée de lui faire partager ma chambre, je ne le pensais pas vraiment, car ç'aurait été pénible à la longue.

Alors, je ne dis plus rien.

Antoine

David est parti en vacances chez ses grands-parents.

Nous, nous partons bientôt pour quinze jours au Portugal.

J'ai croisé Blandine à plusieurs reprises, mais elle continue à faire comme si je n'existais pas.

Je me demande si elle part en vacances, elle.

Je me souviens qu'ils avaient une maison à la campagne.

Tout le temps qu'elle était au Maroc, elle m'était complètement sortie de l'esprit, cette fille. Mais depuis qu'elle est rentrée, je ne sais pas trop ce qui se passe… C'est comme si sa présence me gênait.

Je passe le plus clair de mon temps à la bibliothèque.

Et elle, que fait-elle toute la journée ?

Je la vois passer le matin devant la loge. Elle

sort, seule le plus souvent, et revient les bras chargés de paquets.

Elle dévalise les boutiques, ou quoi ?

Et si je la suivais ? Comme ça, juste pour le fun...

L'idée m'amuse.

Il est dix heures. La voilà qui sort. J'attrape mon sac à dos.

Je franchis la porte cochère et lui emboîte le pas, à distance.

J'espère qu'elle ne va pas prendre le métro, je n'ai pas de ticket !

Non, elle longe le boulevard, traverse et se dirige vers le parc. Pas question de shopping, apparemment.

Je suis juste derrière elle.

Si, toutefois, elle se retournait et me voyait, que lui dirais-je ?

J'ai une idée.

Je sors un bouquin de mon sac et le garde à la main.

Nous atteignons le plan d'eau.

Elle avise un banc ombragé et s'y installe. En ce qui me concerne, pas la peine de prendre des précautions, elle est tellement absorbée par ses pensées qu'elle ne fait absolument pas attention à moi.

Elle sort un livre de son sac, elle aussi.

Je décide d'y aller franchement. Après tout, c'est peut-être l'occasion ou jamais de renouer quelque chose avec elle.

Je passe devant le banc et lui lance :

— Tiens ! Blandine, qu'est-ce que tu fais là ?

Elle sursaute et se lève, toute rouge, comme si je l'avais prise en défaut.

— Ben, rien ! me répond-elle, visiblement troublée. Et puis, qu'est-ce que ça peut te faire ?

— Rien ! C'est juste que je viens souvent lire ici et que je ne t'ai jamais croisée... Excuse-moi de t'avoir dérangée.

Je m'éloigne doucement, espérant qu'elle me rappelle.

Mais il ne se passe rien.

Je décide de laisser tomber.

Cette fille ne mérite pas que je m'intéresse à elle.

Vivement les vacances !

David

Les vacances d'été ne sont déjà plus qu'un souvenir.

Les cours ont repris.

Nous n'avons pas toujours les mêmes horaires, Tonio et moi, mais quand nous le pouvons, nous faisons le chemin ensemble jusqu'au lycée. Blandine aussi fait ce même chemin, mais elle reste toujours à distance. Elle est vraiment bizarre, cette fille.

— Hé, t'as vu, on est suivis ! fais-je remarquer à Tonio, assez fort pour qu'elle m'entende.

— Je sais ! répond-il plus bas. Blandine est dans ma classe, figure-toi !

— Eh, mais vous étiez déjà ensemble, en primaire ! Vous êtes fâchés, maintenant ?

— Non, même pas. Elle est allée en école privée, puis elle est partie au Maroc. Depuis qu'elle est rentrée, elle se la pète grave ! Elle ne m'adresse même plus la parole.

— Ils ne sont pas nets dans cette famille. À une époque, ils voulaient être amis avec mes parents... Mais ma mère ne l'apprécie pas beaucoup, la mère Audric... Et puis, de toute façon, mes parents n'ont pas le temps d'avoir des amis. C'est à peine s'ils ont celui d'avoir un fils, alors... Enfin, pour en revenir à Blandine, c'est dommage, car je la trouve carrément canon.

— Canon ?

— Ben oui ! Tu ne trouves pas ?

Tonio ne répond pas. Nous arrivons au lycée. Je me dirige vers mes potes, le laissant rejoindre ceux de sa classe. Quand je me retourne pour lui faire un petit signe, je vois qu'il s'est arrêté. On dirait qu'il attend... Blandine ? Elle le dépasse sans mot dire.

Tiens, tiens...

Il me semblait bien qu'il était bizarre quand il parlait d'elle.

Y aurait-il anguille sous roche ?

Le pauvre, j'espère qu'il ne se fait pas de film.

Cette fille ne sortira jamais avec lui. Trop snob !

Chez les Audric, on se n'affiche certainement pas avec le fils de la gardienne.

Il ne faut pas qu'il se fasse des idées, mon Tonio.

Faudrait que je le lui dise.

Non, il va se vexer...

Blandine

Antoine et moi sommes dans la même classe.

Je l'aimais bien, ce garçon... Il portait mon cartable quand on rentrait de l'école. Il était drôle en CM2.

Mais je lui préférais David... Déjà, il était plus grand que nous et ne faisait absolument pas attention à moi...

Il a fait une drôle de tête quand on s'est revus... Il m'a sans doute trouvée changée... jolie, peut-être ?

Mais j'ai trop peur de lui parler. Et puis, ils sont toujours ensemble, Antoine et lui.

À Antoine aussi, l'autre jour, au parc, je n'ai rien osé dire. J'ai vraiment eu envie de le rappeler, de lui dire de s'installer à côté de moi... Je n'ai pas pu...

J'aimerais bien pourtant que nous soyons amis, tous les trois.

À quoi bon ? De toute manière, jamais je ne pourrai leur demander de venir à la maison, car ma mère m'a prévenue :

— Personne, tu m'entends, personne ne doit être au courant de l'existence de Rahia. Sinon, nous aurons les pires ennuis.

D'abord, je me suis dit que je m'en fichais qu'ils aient les pires ennuis ! Après tout, ils le méritent.

Mais ce sont mes parents, quand même !

Les vacances de la Toussaint approchent.

Avant, nous allions à la campagne.

Là, personne n'en parle.

Y emmènerons-nous Rahia ?

Pourquoi pas ?

Ce serait chouette.

On n'aurait pas à se cacher.

Antoine

Quand David a dit « carrément canon », il s'est passé quelque chose.

J'ai senti comme une petite pression au niveau des tempes. Une sensation vraiment étrange, comme si mon sang s'était mis à ruisseler brutalement dans mes veines.

David et moi, on n'a jamais parlé de filles, ensemble.

Je pensais que lui n'en avait que pour sa défense des droits de l'humanité, et moi… Et moi, ce n'est pas le genre de choses dont je parle facilement.

Et si lui aussi s'intéressait à elle ?

Comment réagirais-je si c'était réciproque ?

David et moi pourrions-nous nous fâcher à cause d'une fille ?

Pourrions-nous tomber amoureux de la même ?

Mince !

Si c'était le cas, c'est lui qu'elle choisirait, j'en suis sûr !

Non, c'est idiot. Elle ne lui dit pas plus bonjour qu'à moi.

Quand David a rejoint ses copains ce matin, j'ai ralenti le pas. Je n'ai pas osé me retourner.

Et elle m'a doublé en m'ignorant royalement.

Comme d'hab'.

Mais qu'est-ce qu'elle a contre moi, cette nana ?

Ce qui m'étonne quand même, c'est qu'en classe aussi, elle reste tout le temps seule, n'adressant la parole à personne. C'est bizarre, d'ailleurs, car elle n'était pas comme ça. Avant.

Je me souviens qu'on riait beaucoup, même.

Et si ma mère avait raison ? Si c'était simplement de la timidité ?

Allez savoir !

Bon, il serait peut-être temps de me sortir cette fille de la tête. Mais j'aimerais bien qu'elle n'entre pas trop dans celle de David.

Blandine

Dès que je rentre du lycée, je m'enferme dans ma chambre.

Quand Rahia gratte à ma porte, je lui dis de me laisser tranquille, que j'ai du travail.

Je suis méchante avec elle, je le sais.

Je déteste ma lâcheté.

Car c'est de ma faute, tout ça, c'est moi qui l'ai fichue dans ce pétrin.

J'ai passé mes vacances à essayer de nier sa présence.

En fait, c'était tout l'un ou tout l'autre.

Je l'ignorais pendant plusieurs jours puis, prise de remords, j'essayais de me racheter.

Un matin, alors que nous prenions notre petit déjeuner tous les trois, j'ai carrément lancé :

— J'emmène Rahia découvrir Paris, aujourd'hui.

Vous auriez vu la tête qu'a faite maman !

Mon père l'a regardée en hochant la sienne.

Elle a hésité, puis elle a dit oui, du bout des lèvres.

J'étais trop contente.

Rahia et moi avons passé une formidable journée. Elle riait et pleurait d'émotion au pied de la tour Eiffel... Je lui ai acheté des vieux magazines pour enfants chez les bouquinistes et des affiches pour décorer son placard ! Puis on s'est assises sur un banc, sur les quais, et nous avons regardé passer les bateaux-mouches en croquant dans nos sandwiches et en riant comme des folles.

À ce moment-là, je me suis dit que si ma mère avait accepté, c'était que le sort de Rahia allait s'améliorer petit à petit.

Mais quand on est rentrées, elle nous a fait une de ces scènes !

— Plus jamais ce genre de chose ne se reproduira ! a-t-elle hurlé.

— Mais pourquoi ?

— Vous êtes inconscientes, ou quoi? Tu oublies que Rahia est étrangère.

— Et alors ? Les étrangers ont le droit de se balader en France, non ?

— Oui, mais il aurait fallu qu'elle ait son passeport sur elle.

— Et il est où, son passeport ?

— Je l'ai rangé. Rahia pourrait le perdre et, si elle était arrêtée, elle aurait de gros soucis.

Elle s'est ensuite tournée vers Rahia :

— Tu comprends, Rahia ? C'est dangereux pour toi de sortir. Si on t'arrête, on ne pourra rien faire pour toi et tu seras renvoyée au Maroc. Tes parents devront alors nous rembourser ton voyage…

C'était quoi, cette embrouille ?

Rahia a fondu en larmes et moi, au lieu d'être furax contre ma mère, qui avait pris un malin plaisir à nous gâcher notre journée, c'est à Rahia que j'en ai voulu de gober tout ce que ma mère voulait lui faire croire.

Mais pourquoi ne réagit-elle jamais à rien ?

Je bous de rage quand ma mère se justifie en prétendant que Rahia doit lui être reconnaissante d'avoir pu, grâce à elle, quitter le Maroc, mais on dirait que Rahia lui donne raison.

Après tout, elle pourrait se défendre, se plaindre auprès de mes parents, leur dire qu'elle ne veut pas être traitée de la sorte.

Non, elle préfère se taire. On ne l'entend pas, on ne la voit pas.

Alors, forcément, on l'oublie.

Mais c'est de sa faute aussi. Je ne peux pas l'aider toute seule. Je ne peux rien faire pour quelqu'un qui ne se défend pas !

Après tout, pourquoi me disputerais-je avec mes parents si Rahia est satisfaite de son sort ?

Qu'elle se débrouille !

Moi, j'en ai marre de tout ça.

Quant à mon père, c'est silence radio !

C'est presque à lui que j'en veux le plus.

Il connaissait dès le départ les intentions de ma mère... J'en suis sûre et certaine.

Et à cause d'eux, ma vie est un enfer...

Antoine

C'est les vacances.

Manque de chance, ce matin, ma mère est restée clouée au lit avec une grosse fièvre. C'est mon père qui est venu me réveiller :

— Tonio, désolé ! Je sais que tu es en vacances, mais ta mère est malade, et moi, il faut que j'aille au travail. Elle va avoir besoin de toi, ce matin.

— Pas de problème, je me lève ! lui ai-je répondu, alors que j'aurais donné cher pour faire la grasse mat', vu que j'avais lu jusqu'à une heure tardive.

Le boulot de ma mère, je le connais par cœur, à force.

— T'inquiète pas, maman, je vais assurer comme un chef ! l'ai-je rassurée en lui apportant son petit déjeuner sur un plateau. Repose-toi ! Je suis l'homme de la situation. Mais surtout soigne-toi, car je n'ai quand même pas l'intention de faire le concierge pendant toutes mes vacances !

Les tâches du matin sont simples : un peu de ménage, rentrer les poubelles, s'occuper du courrier... Rien de bien sorcier, si ce n'est qu'il faut se plier aux exigences (aux caprices ?) de chacun : le monter chez certains, le glisser sous la porte pour d'autres, le garder à la loge pour ceux qui souhaitent plutôt passer le prendre...

Le lundi est le jour de l'encaustique, comme dit ma mère. Il faut cirer les paliers. Ce n'est pas ce que je préfère, mais bon, à la guerre comme à la guerre...

Je commence par celui du cinquième, puis les escaliers, puis le palier du quatrième... Et ainsi de suite... Ce n'est pas vraiment passionnant, mais avec mon MP3 dans les oreilles, ça passe tout seul. Je m'exécute en mesure, tortillant du derrière et des hanches pour me donner du cœur à l'ouvrage.

Quand j'arrive au troisième, je ne peux m'empêcher de penser à la princesse Audric qui, dans sa jolie chambre, doit dormir à poings fermés pendant que je trime sur son palier !

J'enlève mes écouteurs pour coller mon oreille à sa porte.

Mais voilà que quelqu'un appelle l'ascenseur. On pourrait me voir. Je me remets vite fait au travail.

Quand on parle du loup...

C'est la princesse en personne, une baguette à la main, qui surgit de la cabine grillagée, manquant de m'assommer avec la porte qu'elle ouvre brutalement.

Elle pousse un cri.

J'ai l'air de quoi, moi, à quatre pattes, à ses pieds ?

— Mais qu'est-ce que tu fiches devant ma porte ?

— Je m'amuse, comme tu le vois !

Elle remarque alors mon pot de cire et mes chiffons.

Elle se contente de hausser les épaules, mais elle reste figée sur le palier.

Je m'impatiente :

— Bon, je peux terminer, là ?

— Qui t'en empêche ?

— Toi ! Il faut que je finisse de cirer le palier et, tant que tu es là, je ne peux pas !

La princesse fait sa moue méprisante, puis elle appuie sur la sonnette, une fois longuement puis deux fois brièvement…

Je trouve ça bizarre comme manière de sonner chez soi, mais bon…

C'est alors que de l'autre côté de la porte me parvient une petite voix. Une toute petite voix. Pas celle de la mère Audric, j'en donnerais ma main à couper.

Intrigué, je dévisage la princesse, qui a viré au rouge pivoine.

Elle farfouille nerveusement dans son sac et en sort la clé.

— Je suis bête ! me fait-elle. J'ai oublié que ma mère est sortie et qu'il n'y a personne à la maison.

Le tremblement de ses mains lorsqu'elle introduit la clé dans la serrure ne m'échappe pas. Tout comme le chuchotement dès qu'elle pénètre chez elle et referme la porte.

Personne ? Mon œil ! Elle me prend pour un imbécile, ou quoi ? Il y avait quelqu'un à l'intérieur de cet appart' !

Je reste perplexe sur le palier.

Qui ça peut être ?

Et comment ça se fait qu'on ne l'ait jamais vu ?

Bizarre !

Quand je disais qu'ils ne sont pas nets, ces gens...

Après tout, ce ne sont pas mes affaires. Je me remets à quatre pattes et poursuis mon ouvrage en fredonnant.

La miss Audric est bien le cadet de mes soucis. J'espère juste qu'elle ne va pas raconter à toute la classe que j'ai passé mes vacances à cirer l'escalier. Heureusement qu'elle n'adresse jamais la parole à personne.

Franchement, je ne comprends pas. En voilà une qui a tout pour être heureuse, visiblement, et on dirait qu'elle porte toute la tristesse du monde sur ses épaules... Bon, ça va, je ne vais pas la plaindre, non plus ! Si elle avait été un chouïa plus aimable, on aurait pu être amis...

Et puis, ça suffit de me prendre la tête avec ces gens ! Je répète que de la princesse, du roi et de la reine Audric, je m'en balance...

Blandine

Qu'a-t-il vu, entendu, compris ?

J'en ai des sueurs froides.

Si ma mère apprend ça... Je n'ose même pas imaginer la crise.

Comment ai-je pu appuyer sur la sonnette alors qu'il était devant la porte ?

Sans doute un acte manqué ! De toute manière, quelqu'un finira bien par comprendre ce qui se passe ici. On ne peut pas séquestrer une personne, comme ça, indéfiniment...

Et tant pis si ce *quelqu'un* est... Antoine.

J'ai beaucoup réfléchi. Je dois changer d'attitude avec Rahia. Je ne peux pas lui en vouloir de ne pas oser se défendre. C'est à moi de le faire. J'ai une grosse part de responsabilité dans ce qui lui arrive et je ne dois pas m'en laver les mains.

Alors, je fais ce que je peux pour adoucir son sort.

Et ça rend ma mère folle de rage.

Mais elle ne peut rien contre moi. Dès que je rentre à la maison, j'aide Rahia. Je fais tout comme elle, avec elle. Puis, comme elle termine plus tôt, je lui donne des cours de français. Je lui fais lire mes livres de quand j'étais petite. Elle comprend vite. Le plus difficile pour elle, c'est écrire. Mais même là, elle fait des progrès.

Du coup, Rahia est moins triste, elle retrouve l'espoir. Et elle sait qu'elle peut compter sur moi, que je ne la lâcherai pas, que je ne la lâcherai plus. Je me le suis juré.

Je vais tout faire pour la libérer, la renvoyer chez elle.

Car libérer Rahia me libérera moi aussi.

Je lui ai expliqué qu'un jour, je l'aiderai à se sauver. J'ai bien vu que cette idée l'a terrorisée, mais si c'est le seul moyen de mettre fin à cette sale histoire, je n'hésiterai pas.

Ce ne sera pas facile.

En fouillant un peu, j'ai trouvé son passeport. Elle est entrée avec un visa de tourisme de trois mois qui est donc périmé. Cela veut dire qu'elle est une sans-papiers, une clandestine comme on en voit à la télé. Ma mère sait parfaitement ce qu'elle fait. Elle terrorise Rahia et la tient à sa merci en lui expliquant que, si elle fuyait, elle serait aussitôt arrêtée et expulsée.

— Ce serait l'idéal, après tout, non ? ai-je dit à Rahia. Mes parents ne pourraient rien contre ça. Il suffit que tu te laisses arrêter et on te renverra chez toi aux frais de l'État.

Rahia s'est alors fâchée.

Elle ne veut pas rentrer au Maroc. Elle veut rester ici, avoir sa chance comme tout le monde.

Il faut donc que je trouve une autre solution...

J'ai fait des recherches sur Internet. J'y ai trouvé que Rahia réunit pratiquement tous les critères qui font d'elle une esclave : confiscation du passeport ou des papiers d'identité, séquestration totale ou partielle, conditions d'hébergement contraires à la dignité humaine, rupture des liens familiaux...

Liens familiaux...

Je n'y avais pas pensé.

Je lui ai alors proposé d'informer ses parents de sa situation.

Mais elle a refusé catégoriquement. Elle ne veut pas qu'ils sachent.

— C'est bizarre que tu n'aies pas de leurs nouvelles ? Qu'ils ne t'écrivent pas.

Rahia s'est moquée de moi.

Suis-je bête...

Ses parents ne savent ni lire ni écrire.

À qui pourrais-je m'adresser ?

À David, bien sûr ! Ses parents sont avocats...

Mais encore faudrait-il que j'ose l'aborder.

Et là, ce n'est pas gagné.

Décidément, que de batailles à mener de front !

En rentrant à Paris, je voulais du changement. Le moins que l'on puisse dire est que je suis servie…

Antoine

De retour à la loge, je trouve ma mère la tête recouverte d'un torchon de cuisine, se faisant une inhalation au-dessus d'une casserole.

— J'ai croisé Blandine. Elle a de nouveau été odieuse.

— Bourquoi ? Que d'a-d-elle…

Elle est interrompue par une quinte de toux.

— Tu as une sacrée crève, toi !

— Ce d'est rien. Juste un goup de froid. Ça ba passer.

— Tu as encore besoin de moi ?

— Bas bour l'instant. Berci Todio !

— Bon, je vais bouquiner un peu dans ma chambre.

— Oui, bon labin.

Le lapin se vautre sur le lit de son terrier et s'endort aussitôt.

Je suis réveillé par une main brûlante sur mon front.

Je sursaute.

— Todio, je de be sens bas bien du dout, me fait ma mère d'une voix à peine audible.

— Tu m'étonnes, tu as une fièvre de cheval, là ! Va te coucher, maman, je vais appeler le docteur.

Elle doit être vraiment malade, car elle ne proteste même pas.

— Une belle bronchite ! déclare le médecin en me rejoignant à la cuisine.

Il est sympa, le Dr Daniel. Il dit toujours : une belle angine, une belle crise de foie, une belle sciatique. Avec lui toutes les maladies sont belles. Ce doit être ça, l'amour du métier !

— Tiens, Antoine, cours à la pharmacie acheter ces médicaments ! me demande-t-il.

— Pas de souci, docteur, j'y vais tout de suite !

— Bien ! Et veille à ce qu'elle reste au lit au moins un jour ou deux.

— Ça, ce sera plus difficile ! lui fais-je en attrapant mon blouson à la patère.

Au moment où j'ouvre la porte de la loge, je tombe nez à nez avec la princesse appuyant sur le bouton de la porte, prête à sortir.

Cette fois, c'est à mon tour de l'ignorer.

Je passe même devant elle. Alors que j'atteins

la pharmacie, je ne peux pas m'empêcher de jeter un regard par-dessus mon épaule.

Elle est juste derrière moi.

— Dis donc, tu me suis, on dirait ?

Elle hausse les épaules comme elle a l'habitude de le faire.

— Tu n'es pas le seul à aller à la pharmacie ! me lâche-t-elle.

Je me sens tout bête et décide de l'ignorer.

Je tends l'ordonnance à la pharmacienne. Blandine attend son tour.

Je m'apprête à sortir de la boutique, quand la princesse fait :

— Antoine ?

Surpris, je me retourne.

Je sens mon cœur faire un sprint dans ma poitrine.

— Sais-tu si David est là, en ce moment ?

— Non, il est en vacances chez ses grands-parents.

— Ah, dommage !

Qu'est-ce qui lui prend ? Que lui veut-elle à David ?

— Pourquoi dommage ? ne puis-je m'empêcher de lui demander.

— Parce que j'aurais besoin qu'il m'aide en maths. Je n'arrive pas à faire les exos pour la rentrée.

J'éclate de rire.

— David, t'aider en maths ! Trop drôle ! Il n'y pige rien ! C'est moi qui lui fais ses devoirs !

Blandine rougit.

— Ah, je ne savais pas...

Je suis tenté de lui répondre : « Ah bon, tu ne savais pas ? Je te signale que moi, j'ai eu dix-neuf au devoir sur table. » Mais à quoi bon ? Elle ne me prête pas plus d'attention en classe qu'ailleurs, et de mes notes, elle s'en fiche comme du reste.

— Enfin, si... fait-elle pourtant. Tu as eu une sacrée bonne note au dernier devoir.

Je n'en reviens pas.

— Alors, si t'as besoin d'aide...

Elle ne répond pas et se tourne pour payer la pharmacienne.

Je me dis qu'elle n'en a rien à faire de moi, et je sors de la pharmacie.

— Eh, Antoine, attends, j'arrive ! me lance-t-elle.

C'est trop fort !

Mais qu'est-ce qui lui prend ? Pas plus tard que ce matin, elle m'accordait moins d'importance qu'à une vieille chaussette pourrie... Non mais je rêve ? On dirait que je l'intéresse, soudain !

— Tu serais d'accord pour m'aider ?

— Faut voir... que je lui réponds sans me démonter pour autant.

— Faut voir quoi ?
— Les cours particuliers, ça se paie…
— Ça se paie combien ?
— Ça dépend ! Je fixe mes prix à la tête du client !
— Ah ! se contente-t-elle de dire.
— Eh, Blandine, relax ! Je plaisantais…
Elle n'a pas l'air d'apprécier.
Qu'est-ce que je peux être lourdingue, aussi !
— Euh, on pourrait se voir quand ?
— Je peux monter quand tu veux.
— Euh non, pas chez moi !
— Bon, chez moi, alors, si t'as pas peur d'entrer dans notre loge.
— Pourquoi j'aurais peur ?
— Pour rien… Tu veux venir quand ?
— Euh… disons demain matin ?
— OK, ça marche. Dix heures, ça te va ?
— Oui, à demain, alors.

Blandine

Mince ! Qu'est-ce qui m'a pris ?

Si ma mère apprend que je vais faire mes maths chez Antoine, elle me tue.

Elle m'a dit de m'adresser à David.

Je ne pouvais pas savoir qu'il est nul en maths.

Non, je ne peux pas aller chez eux…

Je l'entends déjà : « Non, mais vous vous rendez compte, Paul, notre fille installée dans la loge de la gardienne ! »

Je vais annuler.

Ils n'ont qu'à me prendre un prof particulier, après tout. Ils peuvent bien me payer ça, vu les économies qu'ils se font sur le dos de Rahia.

Mais ils ne feront jamais venir personne ici ! Ils ont trop peur !

Tu parles d'une vie !

Bon, il faut que je trouve une solution…

Et pourquoi ne pas le faire venir ici ?

Demain c'est mardi... Ma mère sort...

Je fais venir Antoine. Il découvre la présence de Rahia, pose des questions.

Je lui dis la vérité.

Il court nous dénoncer au commissariat.

Je n'arrête pas de menacer mes parents de le faire. Ils s'en fichent, car ils savent très bien que j'en suis incapable.

Mais si c'est quelqu'un d'autre ? Quelqu'un comme Antoine, justement, qui s'en aperçoit, comme ça ?

Non, je me fais un film, là. Je n'oserais jamais faire monter Antoine ici sans leur autorisation, même si j'en brûle d'envie !

Quoi que...

Je redescends à la loge et frappe au carreau.

Antoine apparaît.

— Je préfère que tu montes chez moi, finalement.

— Pas de souci... Tant mieux, car ma mère est malade, et je pensais t'emmener plutôt à la bibliothèque.

— À la bibliothèque ?

— Oui, à la bibliothèque...

— Ah, peut-être... Pourquoi pas ?

— Tu passes à la loge et on y va ensemble, d'accord ?

— OK.

Voilà, je me suis dégonflée, finalement.

Antoine ne viendra pas à la maison.

Rahia restera esclave, oubliée de tous, pour le restant de ses jours.

Et moi, je suis la personne la plus lâche que je connaisse…

Antoine

— Je vais à la bibliothèque avec Blandine, demain matin, dis-je à mes parents le soir, au dîner.

Ils me regardent tous les deux, sans voix.

— Ah bon, vous avez fait la paix ? demande mon père.

— On n'était pas en guerre ! C'est juste qu'elle ne m'adressait pas la parole depuis son retour.

— Et qu'est-ce qui a fait qu'elle te l'a adressée, soudain ?

— Les maths ! Elle est nulle ! Je l'ai croisée à la pharmacie. Elle voulait que David l'aide. Je lui ai alors proposé mes services. Ça ne t'embête pas, maman ?

— Non, debain, ça debrait aller bieux ! me répond-elle en souriant.

— Bon, dès que je rentre, je t'aide, d'accord ?

— Du es un abour de bedit garçon, bon fils.

— De grand garçon ! Hé, c'est quoi cette lettre, sur le guéridon ?

— Une erreur du facdeur. Il faut que je la lui rende…

Je me lève et regarde le timbre.

— C'est drôle, ça vient du Maroc… Tu ne penses pas que c'est pour les Audric ?

— Ah, je de sais bas… Il d'y a bas leur dom. Juste un brédom… Et rega'de l'écridure… On dirait celle d'un enfant.

— Rahia… C'est sûrement une lettre pour Blandine, d'une de ses amies de là-bas. Je vais lui demander demain, OK ?

Je glisse la lettre dans ma poche.

Après avoir débarrassé la table avec mon père, je les laisse devant la télé et m'allonge sur mon lit pour bouquiner. Mais je relis trois fois la même page sans comprendre et je renonce. C'est Blandine que j'ai à l'esprit. Ça commence à bien faire ! Je sais qu'elle préfère David… C'est de lui qu'elle voulait de l'aide… Elle n'en a rien à faire de moi… J'ai dix jours pour la séduire, dix jours pour lui faire oublier David, dix jours pour qu'elle tombe raide dingue de moi !

Tu parles !

Blandine

Bien évidemment, je n'ai rien dit à mes parents au sujet d'Antoine et des maths. Si ma mère apprend que c'est lui qui va m'aider et non David, elle va en faire une jaunisse. Je ne sais pas pourquoi elle le déteste tant, Antoine. Il ne lui a rien fait. C'est sans doute juste parce qu'il est le fils de la gardienne. Chez ma mère, on ne mélange pas les torchons et les serviettes.

Le mardi, elle sort dès le matin.

Coiffeur, manucure, institut, gym...

Elle en a pour la journée.

Manque de chance, ce matin, il est dix heures moins le quart et elle traîne encore en robe de chambre.

— Vous ne sortez pas, maman ?

— Non, Jo, mon coiffeur est en vacances...

— Oh ! Et votre gym ?

— Je ne peux pas y aller avec cette tête pas

coiffée. Et puis, je suis un peu fatiguée. Je me demande si ce n'est pas la grippe qui arrive. Je vais rester à la maison.

Mince, mince, et re-mince ! Comment prévenir Antoine ?

— Voulez-vous que j'aille vous chercher quelque chose à la pharmacie ?

— Non, c'est gentil, ma chérie. J'ai tout ce qu'il me faut.

— Bon, très bien, moi je sors, alors…

— Tu sors ? me demande-t-elle d'un ton gémissant. Mais pour aller où ?

— Juste me balader.

— Te balader, sous la pluie ?

— Je voulais aller à la bibliothèque, en fait…

— Tu iras demain ! Reste avec moi ! Je m'ennuie tellement depuis que nous sommes rentrés du Maroc. Je suis tout le temps toute seule.

Là, elle me tend un bâton pour la battre et je le saisis.

— Mais non, vous avez Rahia.

Elle me jette un regard noir.

— Bon, je descends juste chercher le courrier, alors.

— Rien ne presse… Blandine ?

— Oui ?

— Regarde-moi !

— Quoi ?

— Tu es toute rouge. Quelque chose ne va pas ?

— Mais non, tout va bien. C'est juste que j'avais rendez-vous avec des copines à la bibliothèque, puisque je ne peux faire venir personne ici !

— Tu n'as qu'à les appeler, elles comprendront…

— Je n'ai pas leur numéro… et on devait faire nos maths, ensemble.

— Ah bon ? Mais tu disais que tu n'avais personne à qui demander de l'aide. On a parlé de David…

— Il est en vacances.

On sonne à la porte.

Je suis sûre que c'est Antoine.

Je me précipite, mais ma mère arrive à la porte en même temps.

C'est lui !

— Alors, Blandine, je t'attends, moi ! Tu as changé d'avis ?

ANTOINE

Je n'ai rien compris à l'affaire.

Son air. Celui de sa mère.

La porte qui se referme.

Le bruit de la gifle qui claque.

Et la phrase assassine :

— Alors, tu fricotes avec ce petit crétin de Portugais ?

J'en ai mal au ventre.

Ces gens sont complètement fous.

J'avais la lettre dans la poche.

Je re-sonne.

C'est la mère qui ouvre.

Avant qu'elle n'ait le temps d'ouvrir la bouche, je lui mets l'enveloppe sous le nez.

— Ma mère voudrait savoir si c'est pour vous, cette lettre du Maroc ?

Elle y jette un bref coup d'œil et secoue la tête.

— Vous ne savez pas lire, mon pauvre garçon ! Y a-t-il marqué Audric ?

Je ne me démonte pas. Elle ne m'impressionne pas, cette sale bonne femme.

— Oui, madame, le petit crétin portugais sait lire et surtout compter mieux que votre fille. Il s'agissait juste de l'aider à faire ses exercices.

Je la laisse plantée là et dévale les escaliers à toute allure.

— Mais te voilà dans un drôle d'état ! me fait ma mère.

Je lui raconte la scène.

Elle n'en revient pas.

— Que va-t-on faire de la lettre ? me demande-t-elle.

— Je ne sais pas. Il n'y a pas d'adresse au dos. Et c'est une erreur, de toute façon. On n'a qu'à la rendre au facteur. Bon, tu as besoin de moi, ce matin ?

— Non, ça va aller, mon chéri. Va à la bibliothèque. Et ne t'en fais pas pour cette histoire. Ces gens n'en valent pas la peine.

J'enfourche ma bécane pour aller faire un tour.

J'ai sérieusement besoin de me défouler.

Je ne sais pas quoi penser de ce qui s'est passé.

Blandine n'a pas dit à sa mère que nous

devions aller à la bibliothèque pour réviser. C'est donc qu'elle avait honte, que je ne suis pas fréquentable à ses yeux.

JE LA DÉTESTE !

Plus jamais je n'adresserai la parole à cette fille.

Blandine

Je suis morte de honte ! Comment a-t-elle pu ?

J'ai fermé la porte de ma chambre à clé.

Elle peut y frapper autant qu'elle veut, je ne sortirai pas !

— Blandine, ouvre ! Je suis désolée... Je ne savais pas que c'était pour les maths... Pourquoi ne me l'as-tu pas dit, voyons ?

Je ne lui réponds même pas.

Comment pourrai-je encore regarder Antoine, après ça ?

Mais quel imbécile, aussi, de venir sonner à ma porte.

Enfin, il ne pouvait pas savoir...

Non, comment pouvait-il savoir que ma mère est folle ? ai-je envie de hurler.

Les sanglots montent.

J'ai honte, j'ai honte, j'ai honte !

Et s'il raconte ce qui s'est passé à David ?

À toute la classe ?

— Bon, écoute, ma chérie, je descends m'excuser auprès de lui, d'accord ?

J'ouvre la porte.

— Non, ne descendez pas ! Vous en avez déjà fait assez comme ça.

— Alors descends, toi, et excuse-moi auprès de lui.

— Pas question. Plus jamais je ne pourrai le regarder en face. Vous allez m'inscrire dans le privé. Je ne retournerai pas au lycée.

— Ne dis pas de bêtises, enfin. Ce n'est pas si grave ! Il y a bien plus grave que cela, d'ailleurs !

— Ah oui, et quoi ?

Elle baisse le ton, lançant des regards en direction de la cuisine dont elle va même fermer la porte.

— Rahia a reçu une lettre. Il l'avait en main et voulait savoir si c'était pour nous. Dans la panique, je lui ai dit que non.

— Et alors ?

— Il est reparti avec. Il l'aura probablement ouverte... Nous sommes perdus.

Je me calme aussitôt.

Je n'arrive même pas à me réjouir.

Depuis que nous sommes rentrés du Maroc, ma vie est un cauchemar.

Antoine

J'avais gardé la lettre dans ma poche.

Je m'assieds sur un banc et décide de l'ouvrir.

Je n'aime pas lire un courrier qui ne m'est pas adressé, mais je me dis que l'enfant qui a écrit cette lettre aurait voulu qu'elle arrive à destination. Peut-être qu'il a mis son adresse à l'intérieur.

Cher rahia,

Cé dounia qui tien stilo. Tu te souvien Dounia, ton amie qui travaillai chez instituteur qui lui apprenait lire écrire français. Elle a demandé nouvelles de toi. Elle a proposé écrire pour demander comment ça va? Audric gentils? Et mademoiselle Blandine comment ça va? Tu peu écrire a nous et dounia lira.

Des bisou

papa, mama, et petite seur fatima.

Mais qu'est-ce que c'est que cette histoire ?

Qui est ce Rahia ? ou cette Rahia ?

Il n'y a pas d'adresse sur la lettre.

Je n'y comprends rien, si ce n'est que la mère Audric m'a menti. Cette lettre avait bien un rapport avec eux.

Je la remets dans ma poche et rentre à la maison.

— Blandine t'a cherché, me prévient ma mère.

— Ah bon, qu'est-ce qu'elle me voulait ?

— C'est au sujet de la lettre. Sa mère s'est trompée, c'était bien pour eux, enfin pour Blandine. Ses amies l'appelaient Rahia au Maroc.

J'éclate de rire.

— Elle est trop forte celle-là !

— Pourquoi tu dis ça ?

Je lui tends la lettre.

— Tu l'as ouverte ?

— Ben oui ! Je pensais qu'il y aurait peut-être l'adresse à l'intérieur. Tiens, lis !

— Mais qui est-ce alors, cette Rahia ?

— Mystère et boule de gomme.

— Qu'est-ce que tu vas faire ?

— Je vais leur dire que je l'ai jetée puisqu'il n'y avait pas l'adresse de l'expéditeur.

— Ce n'est pas très honnête, Tonio.

— Et eux, ils sont honnêtes, peut-être ?

BLANDINE

Il est remonté.

Il dit qu'il est désolé mais qu'il a jeté la lettre.

— Vous l'avez ouverte ? lui demande ma mère.

— Non.

Elle a du mal à cacher son scepticisme.

— Moi, à votre place, je l'aurais ouverte ! cingle-t-elle.

— Mais vous ne l'êtes pas. Et je suis très heureux de ne pas être à la vôtre ! lui lance-t-il sans se démonter.

J'en reste scotchée.

Puis je souris.

Trop fort, Antoine !

Il le remarque et m'adresse un clin d'œil avant de tourner les talons et de redescendre en sifflotant.

— Ce garçon est un...

— Est un quoi ?

— Malhonnête !

— Et vous ?

— Quoi moi ?

— Vous vous sentez honnête ?

— Comment ça ?

— Rien.

— Je suis sûre et certaine qu'il l'a lue.

— Je ne demande pas mieux, moi, comme ça, il prévient la police, vous et papa êtes arrêtés, vous allez directement en prison, moi à la Ddass, et Rahia rentre chez elle, et tout est bien qui finit bien.

J'éclate de rire.

Je ne sais pas pourquoi, mais je suis de bonne humeur, soudain.

— Parfois, je me demande si tu n'es pas stupide, ma fille.

— Bien moins que vous ne le croyez.

Je la laisse là avec ses doutes et ses craintes.

Ça lui fera les pieds.

Il aurait fallu qu'elle réfléchisse à tout ça avant.

Antoine

J'avais décidé que je la détestais.

Pourtant, ça fait deux jours que je la guette.

Mon esprit ne carbure plus qu'autour de son prénom.

Il n'y a que ma mère qui puisse me renseigner.

Mais j'hésite à lui poser la question.

Ce n'est pas nécessaire, elle a deviné ce qui me turlupine.

— Ils sont partis à la campagne, me dit-elle, le sourire en coin.

— Qui ça ? fais-je, prenant l'air étonné.

Elle rit.

— Antoine, tu tournes comme un lion en cage.

— On dit un ours en cage, maman.

— Ah bon ? Je préfère le lion, moi !

— Ils sont partis pour combien de temps ?

— Là, tu m'en demandes trop, mon fils. Ils m'ont juste prévenue qu'ils partaient à la campagne et m'ont demandé de garder leur courrier.

Je suis furax de l'avoir bêtement attendue. Mais soulagé aussi.

Je vais pouvoir reprendre calmement le fil de mes activités.

Calmement... tu parles...

Elle me trottine dans la tête du matin au soir.

J'ai hâte que David rentre.

L'histoire de cette Rahia m'obsède complètement.

Qui est-elle ?

Voilà qu'une idée pointe le bout de son nez...

Pourquoi ne pas retrouver mes vieilles habitudes ?

Aussitôt pensé, aussitôt exécuté.

Ma mère est dans l'entrée de l'immeuble.

Sans hésiter, je prends la clé au tableau.

J'attends qu'elle ait le dos tourné et me faufile vers la cage d'escalier.

Je monte au troisième, introduis la clé dans la serrure et referme derrière moi.

Les rideaux sont tirés. J'allume la lumière et me dirige vers la chambre de Blandine. Si ma mère me savait là, elle me tuerait, à coup sûr.

Rien n'a changé depuis l'été. Les rideaux parme, le couvre-lit violet. Une chambre de poupée pour une Barbie boudeuse.

Je continue mon inspection sans savoir ce que je cherche.

Et je ne trouve rien.

J'en suis déçu.

Avant de sortir, j'ouvre la porte du débarras.

Et là, je trouve...

Un matelas roulé en boule, quelques vêtements de fille, un peigne, une trousse de toilette, des livres, un vieux lecteur et des CD de musique arabe...

Le tout devant appartenir à Rahia ! me dis-je immédiatement.

Je n'y vois pas clair pour autant.

Je vais dans la cuisine... Rien de particulier. Tout est impeccablement rangé. Nickel chrome. La mère Audric serait-elle devenue une fée du logis ? Ça m'étonnerait, vu l'état dans lequel elle laissait sa maison quand ils repartaient au Maroc. Ma mère s'en plaignait à chaque fois.

Avant de quitter leur appartement, je jette un coup d'œil par l'œilleton.

Pas de lumière, tout semble calme.

J'entrouvre la porte.

Personne.

Je referme vite fait, redescends et regagne la loge sans que ma mère ait eu le temps de s'apercevoir de mon absence.

David

Je regarde Antoine, sans comprendre. Il m'a sauté dessus avant même que je n'aie eu le temps de monter chez moi déposer mon sac. Nous sommes dans sa chambre et il raconte.

— Et tu en penses quoi ? lui fais-je.

— Rien ! Je suis dans le brouillard total. Je te rapporte des faits, tous les faits depuis le début. Le cours de maths raté, la gifle, la lettre, leur départ, ma visite chez eux, le matelas dans le placard et le reste… Les Audric sont rentrés hier, dans la nuit. Je n'ai pas revu Blandine. Demain, les cours reprennent, et voilà ! Et toi, c'était bien tes vacances ?

— Calmes… Plus calmes que les tiennes, en tout cas. Mais bien, comme d'habitude. Bon, qu'est-ce qu'on fait ?

— Que peut-on faire ? Ça ne rime à rien, cette histoire.

— Si, ça pourrait rimer à quelque chose.

Il me regarde, surpris.

— Je crois avoir compris ! Ça pourrait être une affaire d'esclavage domestique.

Là, j'avoue que je l'ai scotché, Antoine. Il en reste sans voix, les yeux écarquillés.

— Une esclave ? Mais enfin, David, tu débloques ou quoi ? Ça n'existe plus, l'esclavage, chez nous ! finit-il par s'exclamer.

— Oh que si ! Viens, je vais te montrer quelque chose.

Nous montons chez moi.

J'allume mon ordinateur et je tape : « esclavage moderne ».

Voilà sur quoi nous tombons :

« Un nouveau procès pour esclavage moderne devrait s'ouvrir prochainement devant le tribunal correctionnel d'Évry (91). En juin 2004, une ressortissante marocaine contacte le Comité contre l'esclavage moderne afin de lui signaler la situation de Zoubida, jeune femme marocaine qui s'est enfuie de chez un couple qui l'exploitait à leur domicile. Zoubida est arrivée en France en avril 2000. Un de ses compatriotes lui avait proposé de venir travailler chez lui pour garder ses enfants, en échange d'un hébergement et d'une rémunération… »

— C'est complètement dingue ! fait Antoine, sidéré.

— Continue, tu vas voir…

« *La France, comme tous les pays riches, n'est pas épargnée par ce fléau. Pourtant, vous ne serez probablement jamais confronté à l'esclavage, même s'il se passe près de chez vous, derrière des façades cossues ou des pavillons anodins. Pourtant, chaque jour, des milliers de jeunes domestiques asiatiques et africaines sont asservies. Privées de leurs papiers d'identité, astreintes à 15, 18, ou 21 heures de labeur quotidien, sept jours sur sept, non rémunérées ou si peu, ces jeunes femmes – souvent mineures – sont parfois battues et abusées sexuellement. Les esclavagistes sont nantis ou modestes, diplomates ou simples citoyens.* »

Antoine me semble anéanti. Je trouve qu'il en fait un peu trop, même.

— Tu m'as bien dit que les Audric rentraient du Maroc, non ? Il est donc tout à fait possible qu'ils aient emmené avec eux une jeune fille prénommée Rahia.

— Non, je ne peux pas le croire… Tous les gens qui ont séjourné au Maroc ne ramènent pas une esclave dans leurs bagages ! On ne peut pas les accuser comme ça !

— Il ne s'agit pas d'accuser, Antoine, mais de vérifier, c'est tout. Il faut surtout mener l'enquête et ne pas lâcher l'affaire.

— Oui, et comment ?

— Je ne sais pas. Réfléchissons-y !

Antoine redescend chez lui.

Je me demande ce qui le trouble à ce point...

Et si c'était... Blandine ?

Oui, ce doit être ça. Quand il en parle, il a beau faire le malin, je vois bien qu'il n'est pas le même. Trop fort ! Antoine est amoureux !

Quant à cette histoire d'esclavage, j'en connais deux que cela pourrait drôlement intéresser.

À condition que je leur en parle...

Antoine

Le soir, à table, je décide de parler à mes parents de ma découverte et des conclusions de David.

— Il se peut qu'il ait raison ! soupire ma mère, à la fin. À plusieurs reprises, moi aussi, j'ai entendu du bruit derrière leur porte, alors que personne n'était censé être chez eux. Je trouvais cela étrange... Mais jamais je n'aurais pu soupçonner une affaire de ce genre... Comment est-ce possible de nos jours ? Des gens si respectables !

— Friqués ne veut pas forcément dire respectables, maman !

— Je comprends mieux maintenant. Regarde ce que j'ai reçu ce matin.

Elle sort une lettre de la poche de son tablier, écrite maladroitement en caractères d'imprimerie.

IL FAUDRAIT ALLER FAIRE UN TOUR CHEZ LES AUDRIC ! UNE PERSONNE Y EST PEUT-ÊTRE EN DANGER.

— Mais ça vient de qui ? Tu sais ?

— Mme Mercier, je pense. Il n'y a qu'elle pour agir comme ça. Ce n'est pas la première fois qu'elle dénonce ses voisins.

— Il faudrait prévenir la police, non ? fait alors mon père, qui n'est pourtant pas un grand bavard.

— Pas avant d'avoir des preuves formelles ! Et ce n'est certainement pas moi qui le ferai ! proteste ma mère.

Je la regarde sans comprendre.

— Pourquoi pas ?

— Parce que je suis la concierge et que je n'ai pas à me mêler de la vie privée des résidents de l'immeuble. Je risque ma place, moi !

— Mais s'il y a quelqu'un en danger, maman ?

— On va d'abord vérifier et, si c'est vrai, on verra. Chaque chose en son temps.

— Et comment on va vérifier ? demande mon père, qui ne semble pas vouloir lâcher l'affaire, lui non plus.

— Oh, vous m'embêtez tous les deux, avec votre interrogatoire ! réplique ma mère en se levant pour débarrasser la table. D'abord des preuves... Quant à toi, Tonio, je t'interdis de remonter chez ces gens et de pénétrer dans leur appartement en leur absence, tu m'entends ?

— Oui, je t'entends, maman, mais comment veux-tu que nous trouvions de quelconques preuves, alors ?

— Laisse David s'en occuper, ses parents sont avocats, non ? Et français. Ils sauront comment faire, eux. Nous, on ne sait pas, Tonio. Et puis, on ne nous croira pas...

— Mais c'est quoi ce délire, maman ? Nous aussi on est français. Pourquoi on nous croirait moins que les parents de David ?

— Tonio, tu m'énerves ! Demain, il y a école et...

— Tu m'envoies dans ma chambre, c'est ça ?

Je me lève, furieux.

— Je ne suis plus un bébé, tu sais ? Et je déteste ton attitude, là. C'est lâche, maman.

Je gagne ma chambre et en claque la porte.

BLANDINE

Nous sommes partis à la campagne, finalement.

Ma mère a pris peur. Papa a eu beau lui affirmer qu'il était sûr et certain que le fils de la concierge ne se doutait de rien, elle était complètement paniquée et a préféré s'éloigner quelques jours.

Moi qui déteste cet endroit, je suis plutôt contente. Ici, nous ne craignons rien. La maison est complètement isolée et nous n'y recevons jamais personne. Donc, pas besoin de se cacher.

Je pensais que Rahia allait pouvoir y prendre un repos bien mérité.

C'est mal connaître ma mère qui, dès notre arrivée, se met en tête de lui faire nettoyer la maison de fond en comble.

Mais c'est bien mal me connaître aussi de penser que je vais la laisser faire.

Comme à Paris, je me mets à l'ouvrage avec elle, exécutant exactement les mêmes tâches. Quand ma mère me propose de les accompagner en promenade, je refuse et lui réponds :

— Je ne peux pas, j'ai du travail !

— Mais tu déraisonnes, ma fille ! De quel travail parles-tu ? Pas le scolaire en tout cas ! On ne peut pas dire que tu aies le nez dans tes cours !

— Non, j'ai décidé de partager le calvaire de Rahia. Et de l'aider de mon mieux pour adoucir son sort.

— Mais dites quelque chose ! lance-t-elle à mon père.

— Blandine, ma chérie ! Pose ce plumeau et allons donc nous promener tous les quatre ! propose-t-il au grand dam de ma mère qui, du coup, n'a plus envie de sortir.

Qu'à cela ne tienne !

Je prends le plumeau des mains de Rahia, lui ôte le fichu qu'elle a sur la tête et l'entraîne au-dehors.

Je me dis que j'aurai ma mère à l'usure.

Je vais lui empoisonner l'existence jusqu'à la libération de Rahia.

Et puis, en rentrant à Paris, j'essaierai de me rapprocher d'Antoine et David, d'en faire mes amis... et peut-être même mes alliés... Mes complices ?

J'aimerais bien pouvoir aborder ce sujet avec papa.

Mais il esquive.

Lui, ce qu'il veut, c'est la paix. Même au prix fort et sur le dos de cette pauvre fille.

Dans la famille Audric, personne ne brille par son courage !

DAVID

Mais qui sonne à la porte comme un malade ?

Je jette un œil au radio-réveil.

Dix heures…

Je m'extirpe de mon lit à regret pour aller ouvrir.

C'est Tonio. Il a l'air très remonté.

Je me dirige vers la cuisine.

D'abord mon petit déj' ! Je ne peux pas réfléchir le ventre creux. Antoine m'emboîte le pas.

Je le sens trépigner d'impatience.

Je sors un autre mug du placard pour lui servir un café.

J'ai oublié d'enlever le *post-it* sur le mien.

Et il sourit, bien sûr, en y voyant l'empreinte du bisou-rouge-à-lèvres de ma mère.

— Bon, qu'est-ce qui se passe ? finis-je par lui demander.

— Je suis dégoûté. Les adultes sont des lâches.

Je me marre.

— Bienvenue au club des ados lucides !

Il me raconte la lettre anonyme de Mme Mercier et la réaction de sa mère.

— Laisse tomber, c'est une vieille ordure, la Mercier !

— Pourquoi tu dis ça ?

— Mon grand-père m'a dit que, pendant la guerre, elle passait son temps à envoyer des lettres anonymes de dénonciation au commissariat de police du quartier.

— Pour dénoncer qui ?

— Tout le monde... Les juifs, bien sûr. Mais pas seulement...

— Ah... je ne savais pas. Bon, t'as une idée sur le moyen de récolter des preuves, sinon ?

— Oui.

— Alors ?

— Blandine ! Faut lui faire cracher le morceau.

Antoine fait la moue.

— Ne compte pas sur moi !

— Je n'ai pas parlé de toi...

Là, ce n'est plus la moue, mais une sale grimace.

— Tu veux dire que tu...

— Oui, je suis prêt à me sacrifier.

J'éclate de rire.

— Oh, ne fais pas cette tronche ! Je te la laisse, si tu veux...

— Non, c'est bon… Comment comptes-tu t'y prendre ?

— Je la coincerai en allant au bahut. Je lui dis qu'on sait tout.

— Et si elle nie puis va prévenir ses parents ?

— Qu'est-ce que ça peut faire ?

— Ben, je ne sais pas… Dans la panique, ils pourraient faire du mal à cette fille.

— T'as une autre idée ?

— Oui.

— Quoi ?

— Tu demandes conseil à tes parents. Ils sont avocats, non ?

— Tu sais… mes parents, moins je leur cause, mieux je me porte !

— Je ne te comprends pas, David ! Ils sont hyper cool, tes parents. Je suis sûr que ça les toucherait vachement si tu leur racontais cette histoire, si tu partageais ça avec eux !

— Je n'en doute pas qu'ils seraient contents ! Mais je n'ai pas envie qu'ils soient contents !

— T'es un drôle de mec, quand même !

— Je sais… Ça fait partie de mon charme torride.

— T'es trop nul, David ! On est en train de tourner en rond pour essayer de résoudre cette histoire, alors qu'il suffirait de demander conseil à tes parents ! J'hallucine, vraiment !

— OK, OK… C'est bon ! Je te promets que je leur en parlerai quand il le faudra.

Quand Antoine s'en va, je pense à ce qu'il m'a dit au sujet de mes parents. Une question me turlupine : quelle serait leur attitude s'ils étaient au courant ?

Et en fait, j'aimerais vraiment savoir…

ANTOINE

En redescendant chez moi, je tombe sur la vieille Mme Mercier.

Je décide d'y aller franco.

— Alors, madame Mercier, pourquoi cette lettre anonyme ?

Elle sourit, à peine étonnée d'être démasquée.

— Viens voir, mon petit, me dit-elle en m'invitant à la suivre.

Dans son appartement, elle me mène jusqu'au petit balcon côté cuisine.

— D'ici, j'ai une vue plongeante sur l'appartement de M. et Mme Audric, m'explique-t-elle.

— Oui, et alors ?

— Depuis leur retour du Maroc, il me semblait entendre assez régulièrement des pleurs d'enfant. J'ai donc cherché à savoir de qui il s'agissait. J'avais d'abord pensé à Blandine, mais très vite, j'ai réalisé qu'il y avait chez eux une autre jeune fille. Et c'est elle qui pleure souvent dans la cuisine, quand elle est seule.

— Et qui est-ce, selon vous ?

— J'ai ma petite idée sur le sujet. Pas toi ?

— Euh, si, peut-être... Mais pourquoi ne pas le dire franchement ?

— Parce que je ne veux pas d'ennuis, jeune homme. Je ne tiens pas à ce que l'on croie que j'espionne mes voisins. J'habite ici depuis très longtemps et je ne veux me fâcher avec personne.

— Et vous pensez que cette fille est en danger ?

— Non, je l'ignore. Je la vois aller et venir dans l'appartement qu'elle nettoie du matin au soir, mais je ne pense pas qu'elle y soit maltraitée. Un jour, constatant qu'elle était seule, je l'ai appelée depuis mon balcon. Elle a regardé dans ma direction mais ne m'a pas répondu. J'en ai conclu qu'elle avait peur. Cette petite est certainement employée chez eux contre son gré, si tu vois ce que je veux dire.

— Et que faut-il faire, selon vous ?

— Prévenir la police ! me souffle-t-elle. Mais je ne peux pas le faire, moi...

— Et pourquoi ?

Elle prend un air embarrassé.

— Je ne peux pas, c'est tout ! répète-t-elle. Les temps ont changé... soupire-t-elle. Et puis, c'est le rôle des concierges de veiller à la moralité de l'immeuble, non ?

— Je ne sais pas...

David a raison. C'est une sale bonne femme.

— Sinon, vous pourriez peut-être voir avec les... Rosenthal, poursuit-elle. Ils sont avocats.

Je note son ton méprisant lorsqu'elle prononce le mot « Rosenthal ». Sans doute parce qu'ils portent un nom juif. David a dit qu'elle était une vieille ordure qui les dénonçait pendant la guerre.

— Il faut des preuves, madame Mercier, pour accuser les gens.

— Hélas ! Autrefois, on croyait les honnêtes gens sur parole. De nos jours, on est presque suspect quand on dénonce les voyous. En ce qui concerne M. et Mme Audric, il s'agirait de faire un simple constat, pourtant !

— Comment ?

— Vous prévenez la police de vos soupçons et lui demandez de venir vérifier sur place.

Si le fait que les Audric emploient chez eux une esclave me révolte, je ne supporte absolument pas l'idée de devoir agir comme la mère Mercier souhaiterait que je le fasse.

Voilà que je me trouve face à un problème de conscience.

Serais-je capable de dénoncer moi-même ces gens ?

Je m'en veux soudain d'avoir accusé ma mère de lâcheté.

Dénoncer des innocents, c'est dégueulasse.

Mais des salauds ?

Toute la nuit, les mots s'entrechoquent dans mes rêves :

Balance, cafteur, corbeau, mouchard, délateur…

Je me lève, la tête dans le cirage.

Il faut que je dise à David que je ne me sens pas capable de dénoncer ces gens.

Blandine

Les cours reprennent ce matin.

Je n'avais pas envie de rentrer à Paris.

Finalement, c'était plutôt chouette à la campagne.

Ma mère a fini par lâcher du lest et Rahia a pu souffler un peu et prendre du bon temps.

Maintenant que nous sommes rentrés, tout va recommencer.

Mais j'ai bien l'intention de mettre fin à toute cette histoire le plus rapidement possible.

Je l'ai promis à Rahia.

David et Antoine me précèdent sur le chemin du lycée.

Leur discussion semble animée.

De temps en temps, l'un ou l'autre se retourne et jette un regard dans ma direction.

J'ai comme l'impression que je suis au cœur de leur conversation.

Mais voilà qu'ils s'arrêtent.

J'arrive à leur hauteur.

Je ne sais pas quoi faire.

Dois-je leur dire bonjour, me joindre à eux ?

J'ai ma réponse, car David s'adresse à moi.

— Salut ! me lance-t-il.

— Salut ! lui fais-je du bout des lèvres, évitant de croiser le regard d'Antoine.

— On peut faire la route ensemble, si tu veux ? me propose-t-il.

Antoine, lui, ne dit rien.

— Pourquoi pas ? finis-je par lui répondre, en prenant mon courage à deux mains.

C'est ce que je voulais, non ? Me rapprocher d'eux. Alors, c'est l'occasion ou jamais.

— Blandine, on aimerait te parler, Antoine et moi.

Une sonnette d'alarme se met à vibrer dans ma poitrine.

« Ils savent ! » me dis-je.

Mais non, comment sauraient-ils ? Ce n'est pas écrit sur mon front que mes parents sont des esclavagistes, tenté-je de me rassurer. Mais la lettre ? S'il l'a lue, il sait ! Il a dit que ce n'était pas le cas...

— Oui, je vous écoute, leur dis-je en essayant de maîtriser ma voix qui tremblote.

— Pas ici, pas maintenant. Ce soir, après les cours ?

— D'accord.

— Rendez-vous à la bibliothèque à 17 heures, alors.

David nous laisse, Antoine et moi.

Il faut que je trouve quelque chose à lui dire.

— Tu as passé de bonnes vacances ?

— Le début plutôt nul, ensuite ça a été.

J'encaisse. Le début c'était moi...

— Vous voulez me parler de quoi, David et toi ?

— Tu verras...

Il se dirige vers le groupe de notre classe.

J'essaie de réfléchir à la manière dont je vais réagir si toutefois ils m'annonçaient qu'ils sont au courant pour Rahia.

Antoine

La journée me semble interminable.

Pour Blandine aussi sans doute.

Elle ne cesse de me jeter des regards inquiets.

La pauvre !

Elle me fait vraiment de la peine.

Au cours de maths, elle vient carrément s'asseoir à côté de moi, ce qui fait ricaner certains imbéciles de la classe.

— Pourquoi tu me fais la gueule ? me demande-t-elle.

— Je ne te fais pas la gueule.

— Si. Tu es fâché pour ce qui s'est passé au début des vacances ?

— Ça t'amuse de poser des lapins aux gens ?

— Ce n'était pas de ma faute. Ma mère était censée sortir.

— Et tu ne peux sortir qu'en cachette, toi ?

— Non, mais… C'est compliqué, Antoine.

— Ouais, je vois.

— Dis-moi...

Son petit doigt effleure ma main posée sur la table.

— Dis-moi, la lettre, tu l'as lue ou pas ?

C'est donc ça...

Je décide de faire l'innocent.

— Quelle lettre ?

— Tu sais bien, celle du Maroc que tu as jetée...

— Mademoiselle Audric ! l'interrompt le prof. Vu votre intérêt pour ma matière, cela m'étonnerait beaucoup que ce soit de maths que vous vous entreteniez avec votre voisin. Ce dernier y excelle, il serait dommage que vous le perturbiez. Je vais donc vous prier de changer de place.

Blandine devient rouge pivoine en rassemblant ses affaires. Je vois même une larme s'écraser sur le livre qu'elle ramasse.

Je m'en veux de ne pas être capable de m'insurger contre la décision du prof, comme certains l'auraient fait.

Elle va me prendre pour un lâche.

Elle aura raison.

À la sonnerie, elle se précipite vers la sortie.

C'est la pause d'interclasse.

Je la suis.

Je la vois chercher quelqu'un du regard dans la cour.

C'est David.

Elle se dirige vers lui à grandes enjambées et se plante devant lui.

Je les rejoins.

— Alors, qu'est-ce que vous me voulez, tous les deux ?

David

Elle me défie du regard, les bras croisés, les joues en feu, le regard bleu acier.

Je la trouve de plus en plus belle.

Antoine a l'air mal à l'aise.

— Tu lui as dit ?

Il secoue la tête avec vigueur.

— C'est à cause de la lettre, c'est ça ? fait Blandine. Vous l'avez lue ?

Antoine se tait.

— Oui, on l'a lue, Blandine. On est au courant pour Rahia.

Elle blêmit mais soutient mon regard.

— Au courant de quoi ?

— On pense que cette fille est probablement employée chez vous contre son gré. En clair : qu'elle est votre esclave.

Elle essaie de les retenir, mais les larmes s'échappent.

Elle ne dit rien, ne nie pas.

La sonnerie retentit.

— À ce soir ! se contente-t-elle de nous lancer avant de tourner les talons.

Antoine m'adresse un regard chaviré.

Et je comprends alors qu'il en est raide dingue. Tout comme moi.

— Qu'est-ce qui s'est passé, Tonio ?

— Je te raconterai… À ce soir.

Il court la rejoindre.

Je le vois qui essaie de l'attraper par le bras.

Elle se dégage.

Il laisse tomber.

J'ai hâte d'être à ce soir.

Je me pose une foule de questions…

Mes parents seraient-ils d'accord pour porter cette affaire devant la justice ?

Seraient-ils d'accord pour défendre une fille comme Rahia, gratuitement ?

Seraient-ils d'accord pour attaquer leurs voisins en justice ?

Lequel, de mon père ou de ma mère, verrais-je le mieux s'en occuper ?

Mais encore faudrait-il que je puisse aborder le sujet avec eux.

Parfois, je m'en veux de mon attitude à leur égard.

Je ne suis plus un gamin et je comprends un

certain nombre de choses qui m'échappaient étant petit. Après tout, les parents qui bossent laissent leurs enfants à la garde d'autres qui bossent eux aussi en laissant les leurs… C'est la vie ! Et pour ma part, je n'étais pas le plus mal loti. Ils ont toujours veillé à ce que je ne manque de rien. Et moi, je pensais que c'était juste pour se faire pardonner leur absence… Ça l'était probablement aussi, mais bon…

Il serait peut-être temps d'enterrer la hache de guerre et de me comporter en adulte.

Blandine

Finalement, nous nous sommes installés sur un banc du boulevard.

Ils ne soufflent mot, attendant que je leur raconte.

Alors, je me lance :

— C'est une petite Marocaine de treize ans, la fille d'une de nos bonnes, au Maroc. Quand elle a appris que nous rentrions définitivement en France, ma mère est devenue folle. Là-bas, elle avait la belle vie. Elle y avait pris goût. Rahia, je l'aimais bien. C'était un peu comme ma petite sœur. Elle était triste que je parte. Alors, pensant bien faire, je lui ai proposé de nous accompagner. Je me disais qu'elle pourrait prendre des cours de français et avoir une autre vie que chez elle. Elle voulait apprendre un métier pour pouvoir aider ses parents et elle-même à s'en sortir. J'en ai parlé à ma mère, ne me doutant pas que j'allais ainsi lui donner une autre idée, bien moins charitable : faire de Rahia son esclave.

Je les regarde à tour de rôle.

— Je vous jure que je ne savais pas.

— On te croit ! Continue, fait David.

— Rahia se faisait une joie de venir avec nous. Et moi aussi, j'étais contente. Mais dès notre arrivée à Paris, j'ai réalisé que nous nous étions fait piéger, elle et moi. Rien ne s'est passé comme nous l'avions imaginé. Et ce qui devait être une belle aventure s'est transformé en cauchemar. Pauvre Rahia ! Mère l'a menacée que si quelqu'un apprenait son existence, ici, elle serait arrêtée par la police et que ses parents aussi seraient arrêtés. Rahia est terrorisée.

— Et toi ? me demande Antoine.

— Quoi, moi ?

— Pourquoi tu l'as laissée faire ?

— Qu'est-ce que tu voulais que je fasse ? Que je dénonce ma mère à la police ? Qu'est-ce que tu aurais fait à ma place ?

— Voilà effectivement une situation cornélienne ! lance David.

— Et ton père ? me demande Antoine.

— Mon père… Il laisse faire pour avoir la paix ! Il fuit la maison. Il ne supporte pas les cris permanents de ma mère. Alors il évite de la contrarier.

— Ben voyons ! ricane David.

— C'est facile pour vous de juger…

— Mais pourquoi tu n'as pas prévenu ses parents, toi ? me demande Antoine. Tu aurais pu les appeler…

— Enfin, sur quelle planète tu vis ? Ses parents habitent un bled perdu. Ils ne savent ni lire ni écrire, et n'ont pas le téléphone, figure-toi !

Il rougit.

— Tu sais, au Maroc, c'était comme ça, aussi. Ces gens travaillent dur et ne sont pas toujours bien traités. Ils ne savent pas ce que c'est les trente-cinq heures et le travail interdit aux mineurs, là-bas. Ils doivent penser que c'est une chance énorme pour leur fille d'être en France, entre les mains de gens qu'ils connaissent et en qui ils ont confiance. De mon côté, je me disais sans cesse que les choses finiraient par s'arranger.

Je hausse les épaules.

— Je pensais pouvoir l'aider à s'échapper…

— Et alors ?

— Ce n'est pas possible.

— Pourquoi ? demande David.

— Elle irait où, Rahia ? Elle n'a même pas de papiers ! Son visa de tourisme est périmé, je t'ai dit. Elle est donc clandestine…

— On pourrait s'adresser au Comité de lutte contre l'esclavage ! dit alors David.

— En nous dénonçant ?

— Ce qui compte, c'est de libérer Rahia, me répond-il. On ne veut pas te faire de mal, Blandine. Ce n'est pas dirigé contre toi, tout ça.

Je les regarde tour à tour.

Ils ont l'air sincères.

Mais j'ai si peur de la suite, de ce qui attend mes parents, et moi par ricochet.

Pourtant, j'ai conscience aussi que cette situation ne peut pas s'éterniser et que le moment est sans doute venu d'y remédier.

David et Antoine me donnent l'occasion de rendre sa liberté à Rahia.

C'est l'essentiel.

Quant au reste, advienne donc que pourra !

Antoine

— On se croirait dans *Les Misérables* ! raille David en regardant Blandine s'éloigner. On est chez les Thénardier. Et Rahia, c'est Cosette !

— Ouais ! Mais nous, on n'est pas Jean Valjean.

— Sans rire, Blandine remonte dans mon estime. Elle aurait pu tout nier en bloc. Il est évident qu'elle nous a dit la vérité.

Je remarque qu'il a changé de ton. J'ai l'impression qu'il a aussi peu envie que moi de déplaire à Blandine.

— David, je pense sincèrement que nous ne sommes pas en mesure d'agir tout seuls. Nous avons besoin de nous adresser à des adultes. Tu piges ?

— OK. C'est bon. J'en parlerai à mon père dès que…

— Dès que quoi ?

— Dès que j'y arriverai.

Il me lance un clin d'œil de connivence :

— Bon, faut que je rentre.

Puis il s'éloigne en sifflotant.

Moi, je n'ai pas envie de rentrer chez moi tout de suite, alors je décide de faire un tour à la bibliothèque.

Comme il y a un ordi de libre à l'espace multimédia, je surfe pendant une bonne heure pour trouver tous les cas d'esclavagisme signalés sur la toile. Et je découvre avec stupeur qu'aujourd'hui, selon l'Organisation Internationale du Travail, il y aurait 200 à 250 millions d'esclaves à travers le monde, dont une majorité de très jeunes femmes, vendues le plus souvent pour le service de diplomates ou de fonctionnaires internationaux qui, grâce à la Convention de Vienne de 1961, bénéficient de l'immunité ! Et la France, le beau pays des Droits de l'Homme, n'est pas en reste ! Force m'est de constater la frilosité de la justice dans ses condamnations. Je ne peux m'empêcher de me demander ce qu'il en sera du sort des Audric quand l'affaire sera dévoilée. En fait, j'ai peur pour Blandine, qui n'a aucune responsabilité dans cette affaire d'esclavage.

Si ! me fait alors la voix de la raison dans mon esprit tourmenté. Elle est complice et coupable de non-assistance à personne en danger ! Mais non, lui répond la voix de mon cœur. Rahia n'est pas vraiment en danger de mort ! Elle est privée de liberté, mais pas menacée. D'accord, alors pourquoi te mêler de cette affaire ? Circulez, il n'y a rien à voir !

Non, je ne peux pas me taire, laisser Rahia à son triste sort. Alors, assez de scrupules. Il faut que j'agisse en mon âme et conscience. Et la conscience veut que j'aille dénoncer cette famille pour esclavage ! Point barre !

Mais imagine que tu les dénonces, qu'ils soient tous les deux arrêtés et mis en prison ? Que devient leur fille dans l'histoire ? me souffle la voix du cœur.

Et là, je craque. Je ne sais plus quoi faire.

Je rentre à la maison.

Mais les voix ne me lâchent pas.

Ton copain David a raison, en fait ! Tu en pinces pour elle...

Oui, j'en pince pour elle. Et alors ?

Mais ton copain David aussi.

Oui, j'en ai comme l'impression.

Et pourquoi ne pas lui poser la question ?

Je ne sais pas. Ce n'est pas facile.

Je rends les armes. C'est trop la tempête dans ma tête. Il faut demander conseil au père de David.

Blandine

Je ressens à la fois un vrai soulagement et une vraie inquiétude.

Je ne sais plus si j'ai eu raison ou tort de tout déballer.

Il faut que nous en parlions, calmement cette fois.

Que nous réfléchissions ensemble à la manière de sortir proprement de cette histoire.

Après le dîner, je dis à ma mère que je descends demander à Antoine une explication sur un de nos cours.

Je ne lui laisse pas le temps de répliquer quoi que ce soit.

Je m'apprête à taper au carreau de la loge quand me parviennent les éclats de leur discussion.

C'est le père d'Antoine qui parle.

— C'est donc une de ces sordides histoires

d'esclavage domestique ! Des expatriés qui ramènent dans leurs bagages des petites bonnes qu'ils traitent comme des esclaves. J'en ai déjà entendu parler, mais je n'imaginais pas que ce genre d'horreur pourrait se produire ici, juste à côté de nous... Ces gens sont des criminels !

Il leur a tout raconté, le salaud !

— Qu'en pensent les parents de David ? Ils sont mieux placés que nous pour savoir quoi faire, demande sa mère.

J'en ai assez entendu.

Le sale petit mouchard.

Je le hais.

Et je hais David, aussi.

Ses parents sont de grands avocats.

Ils vont nous écrabouiller. Mes parents vont se retrouver en prison. Qu'est-ce que je vais devenir, moi ?

Je ne prends pas l'ascenseur. Je remonte par la cage d'escalier.

J'ai un énorme poids sur la poitrine.

Je fonds en larmes.

Alors que j'atteins le deuxième étage, la porte des Rosenthal s'ouvre.

Je me retrouve nez à nez avec David.

— Tiens, Blandine, qu'est-ce que tu fais là ? J'allais chez Antoine, j'ai un truc à lui dire. Tu descends avec moi ? Mais tu pleures ?

Je ne lui réponds pas et poursuis mon ascension.

— Blandine, réponds-moi. Que se passe-t-il ? Tu es allée voir Antoine ? Oh, Blandine, je te parle !

Je me retourne et le regarde.

La lumière s'éteint. J'en profite pour sécher mes larmes le temps qu'il appuie sur le bouton de la minuterie.

— J'avais l'intention d'y aller. Mais j'ai rebroussé chemin.

— Et pourquoi ?

— Parce que je l'ai entendu discuter avec ses parents... Je croyais que c'était un secret entre nous. Mais vous vous êtes empressés d'aller tout raconter... J'avais confiance en vous, moi !

Il s'assied sur les marches et me fait signe de l'imiter.

— Blandine, on n'a jamais parlé de secret. Ce n'est pas un jeu, cette affaire. Tu sembles perdre de vue que c'est un truc terrible, quand même. On ne peut pas laisser cette pauvre fille dans cette situation. Il faut que nous trouvions rapidement un moyen de libérer Rahia. Et nous ne pouvons pas agir seuls... Mes parents sont avocats, de très bons avocats.

— D'accord, mais de bons avocats pour qui ? Pour mes parents ou pour Rahia ?

— Blandine, c'est Rahia qui a besoin d'être défendue, non ?

— Mais qu'est-ce que je vais devenir, moi, si mes parents vont en prison ?

— Je t'assure qu'ils n'iront pas en prison ! m'affirme-t-il. Écoute, Blandine, nous, ce que nous voulons, c'est libérer Rahia, c'est tout. Le reste ne nous regarde pas, ça se passera entre adultes.

Je ne suis pas rassurée pour autant.

— Ça va quand même être terrible ! Je sais comment ça se passe. On va en parler à la télé, dans les journaux... On va nous salir et...

La lumière s'éteint.

Il ne la rallume pas.

Je pose ma tête sur son épaule.

Nous restons assis sur les marches.

Je pleure à chaudes larmes.

Il me caresse la joue puis m'embrasse.

David

Je suis trop mal.

Comment vais-je le dire à Antoine ?

J'ai l'impression de l'avoir trahi.

En même temps, il n'y a rien entre Blandine et lui.

Oui, mais quand même…

Quelle histoire !

Bon, je dois laisser tomber. Je ne peux pas lui faire ça.

Ou alors lui parler franchement.

Il m'attend en bas, me sourit.

Je lui fais un signe de la main.

Blandine nous rattrape.

Elle me fait la bise et ignore Antoine.

Je n'ose pas le regarder.

Il accélère alors le pas et nous laisse en arrière.

– Pourquoi tu ne lui as pas dit bonjour, Blandine ?

— Je le déteste ! Plus jamais je ne lui adresserai la parole.

— Blandine, tu ne peux pas lui en vouloir. Antoine est très proche de ses parents. Ils s'adorent, se disent tout. C'est comme ça chez eux. Et puis, il ne sait pas que tu as entendu leur conversation. Il voit juste que tu l'ignores délibérément, sans qu'il en connaisse la raison. Antoine est mon meilleur ami, tu comprends ? Je ne veux pas d'embrouilles. Je ne veux pas me fâcher avec lui.

— Ça veut dire quoi, clairement ?

— Ça veut dire que toi et moi… il vaudrait mieux…

— C'est bon ! J'ai compris ! m'interrompt-elle.

Elle me laisse planté là et rejoint sa classe.

Il faut que je parle à Antoine.

Il regarde dans notre direction.

Je lui fais signe de me rejoindre, mais la sonnerie retentit.

Je lui parlerai tout à l'heure.

Antoine

Je n'y comprends rien. J'ai dû louper un épisode. Pourquoi fait-elle la bise à David et me traite, moi, comme si j'étais une vieille chaussette ?

Il y a un gros malaise, là.

Il va falloir que David m'explique.

En classe, Blandine m'ignore royalement. Elle affiche sa tête de boudeuse. Dès que la sonnerie de fin du cours retentit, je me précipite vers la sortie. Il faut que je voie David à tout prix.

Il est dans la cour, m'aperçoit et me fait signe. J'ai l'impression qu'il me guettait.

— Je t'attendais, me dit-il effectivement.

— Ah oui ?

— Oui, pour ce qui s'est passé ce matin.

Je me tais, attendant la suite.

— En fait, hier soir, je voulais descendre te voir, parler avec toi de Rahia. Mais en sortant, je suis tombée sur Blandine qui remontait de chez toi…

— Tu plaisantes ? Blandine n'est pas venue chez moi, hier soir !

— Non, car elle a entendu votre conversation et…

— Notre conversation ?

— Oui, tes parents et toi parliez de Rahia.

J'essaie de me souvenir de ce que nous disions exactement.

— Merde !

— Elle était en larmes et…

— Et quoi ?

— Et elle m'a fait un peu de peine, alors j'ai voulu lui expliquer, la consoler…

— La consoler, hein ? Et comment as-tu fait pour la consoler ?

David est visiblement très mal à l'aise.

— Je l'ai embrassée… Enfin, nous nous sommes embrassés, voilà.

J'essaie de contenir la rage qui me saisit les entrailles.

Que m'étais-je donc imaginé ? Que la princesse Audric s'intéresserait au petit crétin de Portugais ? Entre David et moi, elle a vite fait son choix.

Je suis incapable de lui dire quoi que ce soit.

Je tourne les talons et retourne vers ma classe.

— Hé ! Antoine, attends ! me lance David.

J'accélère le pas.

— Antoine, laisse-moi t'expliquer !

M'expliquer quoi ? que je suis de trop ? qu'il n'a plus besoin de mes services amicaux ?

J'enrage comme jamais il ne m'est arrivé de le faire.

J'ai même un goût de larmes dans la gorge.

En classe, je n'écoute rien.

Mon esprit est ailleurs.

Je ne plais pas à Blandine... Il faut que je me fasse une raison. Même si ça fait mal, je ne peux pas lui en vouloir. Ce genre de chose ne se commande pas. Je m'en remettrai !

C'est à David que j'en veux. Il savait... Il aurait pu m'en parler.

La journée se termine.

Je sais que David finit une heure plus tôt.

Je rentre seul à la maison.

Je sens Blandine marcher à une petite distance derrière moi. Elle presse le pas, ce qui a un effet immédiat sur les battements de mon cœur. Je me dis qu'elle va me dépasser, qu'elle est pressée de rejoindre David...

Blandine

Pendant le cours, je ne quitte pas Antoine des yeux.

Je les ai vus discuter, David et lui, pendant l'interclasse.

Et maintenant, il est ailleurs. Il n'écoute pas le cours, reste tête baissée.

David lui a probablement dit que nous nous étions embrassés. Et alors ? On a le droit, non ? Où est le mal ?

Je ne comprends pas David. S'il a envie de sortir avec moi, en quoi cela concerne son copain ? Il n'a pas à lui demander son avis, quand même !

Il n'empêche qu'il me fait de la peine, là, Antoine. David a raison, j'aurais tout de même pu lui dire bonjour...

À la fin des cours, il fonce vers la sortie.

J'ai du mal à me frayer un passage dans les couloirs et je dois presque courir pour le rattraper.

J'arrive à sa hauteur.

— Hé ! Antoine, attends !

— Attendre ? Pourquoi ? Tu me connais, maintenant ?

— Ne fais pas le crétin !

— Mais je ne sais faire que ça, moi, le crétin. Ce n'est pas comme ça qu'elle m'appelle, ta mère, *ce petit crétin de Portugais* ?

— Et tes parents, comment appellent-ils les miens ? des criminels, non ?

Il ne dit plus rien, se renfrogne et accélère davantage le pas.

— Écoute, Antoine… Je ne veux pas que tu te fâches avec ton meilleur ami à cause de moi. Moi, je n'ai jamais eu de vrais amis, tu comprends, à part…

— À part ?

— À part toi, quand on était petits.

— Ouais ! Quand on était petits.

— J'aimerais bien qu'on le redevienne…

— Pour quoi faire, Blandine ? Pour vous tenir la chandelle ?

Voilà que, pour tout arranger, David vient dans l'autre sens, à notre rencontre.

— Ça tombe bien ! nous lance-t-il. Je voulais vous parler à tous les deux. Et vous allez m'écouter, cette fois. On n'est plus des gamins, et là, j'en ai ras le bol de vos enfantillages !

Antoine hausse les épaules et continue son chemin.

David l'attrape par le bras et le force à s'arrêter.

— Antoine, arrête de faire le con, tu veux ?

— J'ai quand même le droit de t'en vouloir de m'avoir trahi ! lui lance-t-il.

— Je ne t'ai pas trahi. Ce qui s'est passé hier soir entre Blandine et moi, ce n'était pas prévu, pas prémédité, figure-toi. J'avais l'intention de t'en parler dès ce matin, mais Blandine nous a rejoints et je n'ai pas pu le faire, voilà. Je ne supporte pas de te voir en colère contre moi. On est amis depuis toujours, non ?

— On *l'était* ! dit Antoine avant de se dégager et de partir.

Nous restons, David et moi, à le regarder s'éloigner.

David a carrément les larmes aux yeux.

Je ne savais pas qu'on pouvait être amis à ce point.

Décidément, j'ai tout faux, moi.

Et de trois : Rahia, David, Antoine...

Je fais du mal à tous ceux qui m'approchent...

Au suivant.

Non, il n'y aura pas de suivant.

Je vais aller dire à David que je comprends. Et que si ça s'arrange entre eux, je serai très contente d'être leur amie, une vraie amie, à tous les deux.

David

Quand je rentre à la maison, ma mère est déjà là, ce qui est tout à fait exceptionnel.

Alors que je veux gagner ma chambre et m'y enfermer, elle m'arrête et m'entraîne vers la cuisine.

— David, j'aimerais qu'on parle un peu, tous les deux.

— Qu'on parle ? Mais de quoi ?

— De ce que tu veux. De ce qui te tourmente en ce moment.

— Rien ne me tourmente.

Elle rit.

— J'ai beau ne pas être très présente à la maison, être à tes yeux la pire mère du monde, je te connais comme si je t'avais fait ! Je te regarde, je t'observe et… je t'aime en silence.

Son regard tombe alors sur un *post-it* sur le frigo.

Elle rit de nouveau…

— Enfin, j'essaie… dit-elle.

Elle met en marche la bouilloire électrique.

— Tu veux un thé, trésor ?

— Un thé ? Et pourquoi pas un verre de lait !

Elle rit encore et je m'aperçois que j'adore l'entendre rire.

Elle me fait signe de m'asseoir.

— J'hésite entre deux choses.

— Ah oui, lesquelles ?

— Soit tu t'es disputé avec Antoine, soit tu es amoureux.

Je reste scotché. Comment a-t-elle pu deviner ?

— Et si c'était les deux ?

Elle me regarde en haussant les sourcils, visiblement très surprise par ma confidence. Je pense que la dernière fois que je me suis confié à elle, je n'avais pas encore dix ans.

— Raconte !

Raconte ! Elle en a de bonnes, elle ! Confier à ma mère mes problèmes de cœur, voilà un truc auquel je n'aurais jamais pensé.

— Je ne peux pas, maman. C'est intime, tu comprends ? Faudrait déjà qu'on parle de choses plus banales avant, non ?

— Si tu veux ! Quoi, par exemple ?

— Euh, je ne sais pas. De ton boulot ?

— Que veux-tu savoir ?

— Vous est-il déjà arrivé, à papa et toi, de défendre des gens gratuitement ?

— Bien sûr ! répond-elle sans la moindre hésitation.

— Dans quel cas ?

— Quand les gens n'ont pas les moyens et que leur cas nous intéresse.

— Et avez-vous déjà eu à défendre une affaire d'esclavage domestique ?

— Non, jamais.

— Le feriez-vous ?

— Ton père le ferait volontiers, je pense.

— Pas toi ?

— Moi, je m'occupe surtout des conflits d'ordre conjugal… Mais pourquoi me poses-tu cette question ? Tu connais un cas précis ?

— Je ne peux pas trop t'en dire pour l'instant. Mais dis-moi, maman, penses-tu que l'on doive dénoncer ce genre de chose si on en est certain ? Parce que dénoncer… Enfin, la délation, c'est terrible, quand même ?

— La délation est considérée comme une faute dans la mesure où elle n'est pas fondée sur l'amour de la justice, sur la volonté de protéger les victimes ou les faibles, mais sur l'intérêt personnel. Cela dit, ne penses-tu pas que la délation, aussi haineuse et intéressée soit-elle, vaut mieux que la non-dénonciation de crime, qui est presque toujours une faute morale ?

— Euh, je suppose, oui.

— Disons que celle-ci peut parfois servir la justice.

— Oui, mais elle n'en est pas moins méprisable.

Elle me caresse la joue.

— Il est essentiel de comprendre et d'accepter que la morale et le droit sont deux choses très différentes, mon chéri. Mais sache que dans ce cas précis, il ne s'agit même pas de dénoncer, mais de signaler. On fait un signalement, c'est-à-dire que l'on prévient qui de droit qu'une personne est peut-être en danger et qu'il faut se pencher sur son cas. Pas de dénonciation précise ni de délation, mais juste un signalement. On part du principe qu'il se pourrait qu'une personne soit maltraitée, abusée, etc.

Je suis bouleversé par ce qu'elle vient de m'apprendre.

Il faut que je descende le répéter à Antoine tout de suite.

— Maman...

— Oui ?

— Je voulais te dire que...

— Que ?

— En fait je suis amoureux de Blandine, la fille des Audric, et Antoine l'est aussi. D'où notre dispute. Je descends. À plus…

— À tout de suite, mon cœur.

— Maman, je crois que je t'aime ! lui lancé-je en claquant la porte d'entrée, n'étant pas certain d'avoir envie qu'elle m'entende.

ANTOINE

Ma mère n'est pas à la loge quand je rentre du lycée.

Tant mieux.

J'ai besoin d'être seul.

Je bous de colère.

J'ai mal et je voudrais qu'ils aient mal, eux aussi.

Mais je ne suis pas comme ça.

L'idée d'être fâché pour toujours avec David me rend malade.

Je suis malheureux...

Malheureux ? Et Rahia alors ? Je l'avais carrément oubliée, la pauvre. Alors que c'est bien elle qui est à plaindre et qu'il faudrait aider. Mais vais-je devoir le faire seul ? Blandine et David ont probablement d'autres chats à fouetter.

J'aimerais bien la voir, cette fille, pouvoir lui parler...

Ce ne devrait pas être très difficile. J'attends que la reine, le roi et la princesse Audric soient sortis, je prends la clé et je monte.

Mais ensuite, qu'est-ce que je fais ?

Qu'est-ce que je fais si elle s'accroche à mon cou pour que je la sauve ?

Je n'ai pas la carrure d'un chevalier, moi !

Je me dis que Blandine mériterait que j'aille directement à la police dénoncer ses parents…

Dénoncer…

Ce mot est détestable.

Mais les Audric aussi sont détestables.

Ma mère revient.

— Ça va, mon lapin ? me demande-t-elle en entrouvrant la porte de ma chambre.

— Ouais, ça va.

— Ouh ! Ça c'est un ça va qui veut dire ça va pas !

— Maman !

— Tonio, c'est à cause de la petite Rahia ? Où en êtes-vous ?

— Au point mort. Personne ne se montre très courageux dans cette histoire. On a tous de prétendues bonnes raisons de ne rien faire. Toi qui crains pour ton poste, David qui ne veut pas parler à ses parents, moi qui ne me sens pas le courage d'aller dénoncer des gens… Et pour couronner le tout, je me suis fâché à mort avec mon meilleur ami…

— Attends, on frappe au carreau... Je reviens.

Ce n'est pas elle qui revient, mais David qui s'assied à côté de moi.

— Tu vas m'écouter, maintenant. Tonio, il n'est pas question que je renonce à notre amitié à cause d'une fille. Je ne supporte pas de te voir comme ça, je ne supporte pas l'idée de ne plus t'avoir comme ami.

— Je ne te demande pas de laisser tomber Blandine, David. Ce ne serait pas une preuve d'amitié, ça.

— Alors qu'attends-tu de moi ?

— Rien... Il faut que je fasse avec, c'est tout et...

On re-frappe au carreau.

C'est Blandine, cette fois, qui débarque dans ma chambre.

Elle nous fait signe de nous écarter, s'installe entre nous deux, sur mon lit, et nous prend la main à chacun.

— Même si on n'est plus des mômes, on va prêter serment ! nous dit-elle. Un serment d'amitié, OK ? On jure d'être amis pour toujours, à la vie, à la mort. Et pour commencer, nous allons nous concentrer uniquement sur Rahia, d'accord ?

David et moi posons nos mains sur les siennes.

Blandine remonte chez elle et David me répète ce que lui a expliqué sa mère.

Tout comme lui, j'éprouve un énorme soulagement.

— Alors ça change tout ! lui dis-je.

— Non, ça ne change rien du tout ! s'esclaffe David. C'est juste une question de sémantique.

— De sémantique ?

— De mot, si tu préfères. Dénoncer, non ; signaler : oui. Et la morale est sauve ! Allez, je te laisse. À demain, vieux !

Blandine

Je remonte chez moi d'un pas léger.

Ma mère m'accueille d'un regard noir.

— Tu passes un peu trop de temps à la loge, à mon goût...

— Antoine est dans ma classe, maman. C'est un excellent élève, bien meilleur que moi, et qu'il habite la loge ne fait aucune différence à mes yeux. Mais je vous rassure, je suis aussi amie avec David Rosenthal. À moins que cela ne vous pose un problème, également ?

— Blandine, tu deviens insolente.

— Oui, c'est vrai. Mais comment voulez-vous que je vous respecte, maman ? Est-ce que vous vous rendez seulement compte que vous êtes hors la loi ? que vous risquez la prison ?

Elle éclate d'un rire hystérique.

— Hors la loi ? la prison ? Mais de quoi tu parles ? À quel titre irais-je en prison ?

— Pour esclavage domestique.

— Rahia n'est pas notre esclave ! s'indigne-t-elle. Nous lui avons payé le voyage, nous l'hébergeons, nous la nourrissons et, en échange, elle me donne un coup de main au ménage afin de nous rembourser.

— Vous appelez ça un coup de main ? Rahia fait le travail de trois de nos bonnes au Maroc. Et elle a treize ans, maman ! C'est une petite fille de treize ans qui vous a fait confiance, qui croyait en vous. Elle est votre esclave, sept jours sur sept, rien d'autre. Elle trime du matin au soir sans un mot de remerciement, sans voir la lumière du jour... Et vous voudriez que je vous respecte, maman ?

J'ai parlé très calmement, sans haine, essayant de contenir mon émotion.

Elle a pâli. Reste sans voix. J'ai comme l'impression d'avoir réussi à l'ébranler.

Elle tourne les talons.

Je vais rejoindre Rahia qui repasse dans la cuisine.

— Viens, il faut que je te parle, lui dis-je.

Nous allons dans ma chambre.

Je lui raconte tout pour Antoine et David.

Rahia fond en larmes.

Je l'imite.

Elle ne veut pas rentrer au Maroc ! J'ai du mal à la comprendre.

Elle m'explique que, si elle accepte ces conditions sans se plaindre, c'est parce qu'elle garde l'espoir de s'en sortir.

Je suis admirative devant sa force, sa volonté, son courage.

J'ai beau lui expliquer qu'elle ne pourra pas rester en France sans papiers, elle me dit qu'elle est prête à vivre dans la clandestinité.

Il faut donc que je trouve un moyen non seulement de la libérer, mais aussi de l'aider à pouvoir rester ici, en toute légalité.

La plupart du temps, quand mon père rentre le soir, je dors déjà, ou je lis dans ma chambre. Il entrouvre alors la porte et, si je suis réveillée, il s'installe au pied de mon lit et nous discutons un peu de nos journées respectives.

Ce soir, je l'attends.

Il tarde un peu.

Pourtant, je sais qu'il est rentré.

Je l'ai entendu ouvrir la porte d'entrée.

Il arrive, enfin.

Il m'embrasse sur le front.

— Alors, ma Blandinette, me dit-il en souriant tristement, ta mère vient de me répéter mot pour mot ton discours. C'est exactement ainsi que je lui aurais dit les choses, si j'en avais eu le courage… Tu lui as donné matière à réfléchir. Sois patiente, maintenant. Nous allons peut-être pouvoir arriver à une solution…

Je lui saute au cou.

DAVID

Quand je remonte chez moi, mon père discute avec ma mère dans la cuisine.

Cette fois, il faut que j'aille lui parler de Rahia. Je l'ai promis à Tonio.

Il m'a fait un sacré chantage, le chameau :

— OK, j'oublie, m'a-t-il dit, mais seulement si tu demandes l'avis de ton père concernant Rahia.

— Que ne ferais-je pour sauver notre amitié ?

Il a ri, on s'est serré la main et, à mon grand soulagement, l'embrouille était terminée.

Il faut donc que je batte le fer tant qu'il est chaud.

— Papa, je voudrais te poser quelques questions.

Il sourit, visiblement surpris.

— Je t'écoute.

— Voilà, que risque un couple qui emploie une jeune fille comme esclave ?

— Ça dépend du couple. Qui sont-ils ?

— Je ne peux pas te le dire pour l'instant.

— D'accord. Je vais te poser la question différemment : sont-ils des diplomates ?

— Non, je ne pense pas. Le père était expatrié mais pas diplomate. Mais qu'est-ce que ça change ?

— Les diplomates jouissent de l'immunité et on n'arrive pas à les faire condamner. Certains en profitent donc, malheureusement. En ce qui concerne les autres cas, je sais que les condamnations avec emprisonnement sont rares mais je n'ai encore jamais plaidé pour ce genre d'affaires. Je peux toutefois me renseigner.

— OK. Mais que risque l'esclave elle-même ? Si elle est étrangère, est-ce vrai qu'elle peut être expulsée ?

— Ça dépend si la personne est mineure ou pas.

— Elle l'est.

— Un mineur étranger ne peut faire l'objet d'une obligation de quitter le territoire français, ni d'une mesure de reconduite à la frontière.

— C'est vrai ?

— Si je te le dis !

— Oh, trop cool ! Quand ils sauront ça ! ne puis-je m'empêcher de m'exclamer.

— Mais de qui parles-tu ?

— Papa, je ne peux pas te le dire pour l'instant.

— Je comprends parfaitement, mais sache, David, que si tu es au courant d'un cas d'esclavage domestique, il te faut le signaler. C'est grave.

— Tu vois, intervient ma mère, ton père aussi parle de signalement et non de délation.

— Oui, il s'agit bien ici de signalement. C'est ça qui te pose problème, David ? le fait d'avoir à dénoncer quelqu'un ?

— Oui. Ce n'est pas facile.

— Il est vrai qu'en France, la dénonciation, loin d'être considérée comme un devoir civique, est porteuse d'une connotation péjorative. Nous sommes largement marqués par le traumatisme de l'Occupation. Il y a eu tellement de dénonciations de résistants, de juifs, du marché noir que l'idée même de dénonciation est devenue suspecte. Pourtant, ce n'est pas la dénonciation en elle-même qui fait la délation, mais bien ses motivations : haine, appât du gain…

— C'est vrai, intervient ma mère. Ainsi, quand Serge Klarsfeld dénonce des criminels nazis, personne ne le traite de délateur. Bien au contraire ! Tout le monde voit en lui un militant de la justice et de la mémoire. Quand Zola a publié son « *J'accuse* », lors de l'affaire Dreyfus[1], personne ne l'a taxé, lui non plus, de délation.

— Et dans les cas de suspicion de maltraitance

sur enfant ou d'abus sexuels, poursuit mon père, on applaudit l'acte citoyen. Alors, si tu soupçonnes un cas d'esclavage domestique, tu te dois, David, de le signaler. Et nous t'aiderons à le faire.

— Oui, je comprends ! Mais je dois d'abord en parler aux autres.

---

1. Affaire Dreyfus : en 1894, le capitaine Alfred Dreyfus (1859-1935), Israélite alsacien, est accusé à tort d'espionnage et condamné par un tribunal militaire à la dégradation et à la déportation sur l'île du Diable. Le véritable coupable, le commandant Esterhazy, est démasqué deux ans plus tard mais, après un simulacre de procès, est acquitté. C'est alors que Clemenceau publie dans son journal, *l'Aurore*, un article d'Émile Zola intitulé « **J'accuse** », dénonçant l'antisémitisme de l'état-major qui s'efforce d'empêcher une révision du procès. *L'Affaire* devient politique, partageant la France en deux camps (*dreyfusards* et *antidreyfusards*), tandis que l'opinion internationale s'indigne de l'injustice commise. Anatole France puis Jaurès défendront Dreyfus avec ardeur. En 1899, celui-ci est renvoyé devant le tribunal militaire de Rennes et de nouveau déclaré coupable. Amnistié la même année, ce n'est qu'en 1906 qu'il sera complètement réhabilité.

Antoine

Sur le chemin du lycée, David nous relate, à Blandine et moi, la conversation qu'il a eue avec ses parents et les explications de son père.

Nous l'écoutons religieusement.

— Tu veux dire que Rahia ne craint rien ? ne risque rien si elle est arrêtée dans la rue ? demande Blandine.

— Rien du tout !

— Ce n'est pas vrai ! Et dire que ma mère nous tenait uniquement avec cette menace-là ! Mais c'est dégueulasse !

— Oui, mais plus rien ne t'empêche maintenant de l'aider à fuir.

— Si on la fait fuir, qu'en ferons-nous ? Où ira-t-elle ? dit David. Surtout que si elle ne peut pas, en tant que mineure, être reconduite à la frontière, elle le sera dès qu'elle aura atteint ses dix-huit ans. À moins que…

— Que quoi ? fait Blandine.

— Qu'une requête d'adoption ou de tutelle n'ait été faite avant sa majorité.

Je regarde mon ami, admiratif.

— Comment tu le sais ?

— Hier soir, j'ai réfléchi à tout ça. J'ai surfé sur le Net et, en tapant « séjour du mineur étranger en France », je suis tombé sur les textes de lois du code de la nationalité. Voilà !

— Mais qui voudra adopter Rahia ? Certainement pas ma mère ! s'exclame Blandine en souriant.

— Non, mais tes parents – ton père en tout cas – pourraient demander à en assurer la tutelle ! explique David. Ils lui doivent bien ça. Et je pense que mon père, si tu acceptes qu'il s'occupe de l'affaire, pourrait exercer une certaine pression sur eux. Une sorte de donnant donnant. Pas de signalement mais, en échange, la libération immédiate de Rahia et la promesse d'une demande de tutelle.

— Ça ne m'étonnerait pas que tu deviennes avocat comme tes parents, toi ! lance Blandine, visiblement impressionnée.

David bombe le torse.

— Ouais, je serai le plus grand avocat du barreau !

— Alors, t'es d'accord, Blandine, pour confier l'affaire au père de David ?

— Attendez, moi aussi j'ai des choses à vous dire.

Elle nous fait alors le récit de sa propre discussion avec son père.

— Ce qui veut dire, conclut David, qu'il va peut-être aller dans ton sens et pousser ta mère à changer d'attitude ?

— Je l'espère, soupire Blandine.

— Moi, je pense que l'idéal serait qu'elle accepte d'abord de loger décemment Rahia. Vous avez bien une chambre de bonne, non ?

Elle me regarde d'un air effaré.

— Loger Rahia dans la chambre de bonne ! Tu n'y penses pas, Antoine ! Il paraît que c'est un coupe-gorge, là-haut !

David et moi, nous nous regardons sans comprendre.

— Comment ça, un coupe-gorge ? Celle des Rosenthal est vide. Mme Mercier loue la sienne à une étudiante très sympa. La vôtre est vide aussi. Quant aux autres, elles sont toutes occupées par des femmes qui ne ressemblent pas du tout à des bandits !

— Mais ce n'est pas possible ! s'emporte alors Blandine. Ma mère s'est fichue de moi sur toute la ligne. Elle m'a fait croire que ce serait dangereux pour Rahia d'emménager dans la chambre, là-haut ! Mais quelle idiote je suis !

— Antoine a raison, ce serait vraiment bien si Rahia pouvait occuper cette chambre. On est même prêts à t'aider pour l'aménager, faire les peintures, etc. Ce serait chouette, non ? Et puis, Rahia pourrait travailler un peu chez vous, comme une fille au pair, en fait, et bénéficier de quelques heures libres chaque jour pour étudier. Enfin, quand elle aura atteint sa majorité, elle pourra voler de ses propres ailes, être régularisée et vivre sa vie comme elle l'entend.

— Elle va m'entendre, ma mère, ce soir... Hier, ce n'était qu'un prélude. Là, je vais entrer dans le vif du sujet et elle va flipper à mort quand je lui dirai que ton père est au courant, David.

— Est-ce que tu m'autorises à en parler à mon père, alors ? Juste pour lui demander conseil.

Blandine nous regarde longuement, allant de l'un à l'autre.

— OK. Si vous pensez que c'est bien, tous les deux...

Nous atteignons le lycée. David nous laisse, tandis que Blandine et moi regagnons notre classe. Elle s'installe à côté de moi. Dans la classe, les quolibets fusent. Elle garde la tête haute et me sourit.

Blandine

Alors que Rahia dresse le couvert pour trois dans la salle à manger, je lui demande d'en ajouter un.

— Tu as un invité ? s'étonne ma mère.

— Une invitée.

Rahia fronce les sourcils.

Elle a compris mes intentions avant ma mère.

— Une amie de lycée ?

— Non, une amie du Maroc.

— Enfin, Blandine, tu ne comptes tout de même pas inviter Rahia à manger avec nous à table ?

— Si, pourquoi ?

— Parce que tu la mettrais mal à l'aise. Et aussi parce que je suis sûre qu'elle n'y tient pas.

— Écoutez, maman, ça suffit vos bobards. Je sais tout !

— Tout quoi ?

— Premièrement, si Rahia était arrêtée dans la rue, elle ne risquerait absolument rien, elle est mineure. Deuxièmement, les chambres de bonne ne sont occupées que par des femmes très comme il faut, et non pas par des violeurs en puissance.

— Admettons ! Mais qu'est-ce que ça change ?

— Eh bien, ça change tout. Désormais, Rahia va pouvoir sortir et, dès que papa sera rentré, je lui demanderai l'autorisation de lui aménager la chambre de bonne.

— Et si je refuse ?

— Vous ne pouvez pas refuser.

— Pourquoi ?

— Parce que Antoine est au courant. Il avait effectivement lu la lettre et, comme il est loin d'être le petit crétin que vous imaginez, il a tout compris. Il en a donc parlé à son meilleur ami, David Rosenthal, qui, à l'heure qu'il est, est probablement en train d'en parler à son père, voilà !

Ma mère se tait mais ses lèvres tremblent.

Mon père rentre à ce moment-là.

Il nous voit dressées l'une face à l'autre.

Ma mère laisse échapper un sanglot et se précipite vers sa chambre.

— Que se passe-t-il, ici ? Blandine, peux-tu m'expliquer ?

— J'ai mis maman au pied du mur.

— Ce qui veut dire ?

— Que c'est fini, tout ça. Le père de David est au courant... Je suis désolée, papa, mais vous n'aviez qu'à prendre les choses en main et agir, au lieu de me laisser me dépatouiller toute seule.

Il a blêmi et souri à la fois.

— Eh bien, tant mieux ! Finissons-en une fois pour toutes. Je descends de ce pas le voir ! a-t-il déclaré.

Rahia

Blandine, Antoine, David et moi sirotons nos limonades dans la fraîcheur d'un patio.

L'année scolaire s'est terminée en beauté pour tous les quatre.

Antoine a obtenu les meilleures notes de sa classe dans toutes les matières.

Blandine a réussi à décrocher la moyenne en maths.

David a brillamment réussi son bac de français. Il a décidé de faire son droit, plus tard. Ses relations avec ses parents sont au beau fixe.

Quant à moi...

Revenons en arrière.

Un soir, Antoine et David, dont Blandine ne cessait de me parler, sont venus sonner à la porte. C'est Mme Audric qui est allée leur ouvrir. J'étais en train de discuter avec Blandine dans sa chambre. Nous avons entendu David lui dire :

— Bonsoir, madame Audric, nous venons rendre visite à Rahia.

Blandine s'est précipitée à leur rencontre, ne laissant même pas à sa mère le temps de réaliser.

— Salut, vous deux ! Entrez, je vais chercher Rahia.

Moi, je ne voulais pas sortir de la chambre. J'étais terrorisée. J'étais sûre qu'après cela, Mme Audric me mettrait dans le premier avion à destination du Maroc. Mais ce n'est pas ce qui s'est passé. Elle est venue elle-même dans la chambre me dire que je pouvais sortir et rejoindre Blandine et les garçons au salon.

David m'a demandé comment je voyais l'avenir. Que je lui fasse la liste de mes objectifs.

Je lui ai répondu que j'aimerais rester en France, m'installer dans la chambre de bonne, être autorisée à sortir, prendre des cours de français, tout en acceptant d'aider Mme Audric en échange d'argent de poche. Je leur ai sorti tout ça sans la moindre hésitation. J'en avais tant rêvé.

Tout est allé très vite ensuite.

M. Audric a entamé une procédure de demande de tutelle et a signé des papiers assurant mon avenir. Blandine m'a expliqué que c'est grâce à M. Rosenthal, tout ça. En fait, il a fait pression sur les Audric pour arriver à cet arrangement :

j'étais d'accord pour ne pas porter plainte contre eux, à condition qu'ils réparent leurs torts de cette manière-là.

— Tu n'es pas du tout obligée d'accepter, m'a-t-elle expliqué. Si tu portais plainte contre mes parents, je le comprendrais parfaitement. J'aurais fait de même à ta place.

Je n'ai pas hésité une seconde. C'est vrai qu'ils m'avaient fait du mal en ne tenant pas leurs promesses, mais j'étais prête à pardonner. Tout ce que je voulais, moi, c'était pouvoir rester en France.

Quant à Mme Audric, elle a fini par faire amende honorable, reconnaissant s'être bien mal conduite et me demandant même pardon. Du bout des lèvres, comme dit Blandine, mais quand même !

Elle s'est réconciliée avec sa fille et entre nous trois règne désormais un climat apaisé.

Comme en France, l'école est obligatoire jusqu'à seize ans, j'irai au collège dès la rentrée prochaine. En attendant, David, Antoine et Blandine me font travailler dur pour rattraper mon retard. Mais ils disent que je suis une très bonne élève. Je ne sais pas encore quel métier je voudrais exercer plus tard, mais je serai libre de choisir.

Et nous voilà en vacances au Maroc, avec M. et Mme Rosenthal qui nous ont invités, Antoine, Blandine et moi, à les accompagner.

Je suis heureuse d'avoir revu les miens. Je suis heureuse d'avoir lu la fierté dans leurs yeux.

Ah, j'oubliais le plus important.

Antoine est tombé amoureux d'une fille de sa classe. Elle s'appelle Laura. Et visiblement, elle est très amoureuse de lui, elle aussi.

Blandine et David le sont également… l'un de l'autre.

Moi, je suis encore trop jeune, mais cela viendra.

En attendant, c'est l'été et la vie est belle.

DU MÊME AUTEUR

Aux éditions Casterman

collection Romans

UN GRAND-PÈRE TOMBÉ DU CIEL
Prix du roman jeunesse 1996
Prix Sorcières 1998
Grand Prix des jeunes lecteurs de la PEEP 1998
Prix des Mange-livres de Carpentras 1999
Prix du premier roman de Châlons-sur-Marne 1999
Prix du Jury et Prix des Lecteurs, Clamart, 2006
Prix du meilleur roman, Salon du livre de Jeunesse de St-Laurent-de-la-Salanque 2009

MANON ET MAMINA
Prix jeunesse de la ville de la Garde 2000
Prix Chronos Suisse 2000

QUAND ANNA RIAIT
Prix des écoliers de Rillieux-la-Pape 2001
Prix Tatoulu 2001
Prix du roman de Mantes-la-Jolie 2001
Prix de la ville de Lavelanet 2001

LE PROFESSEUR DE MUSIQUE
Prix Chronos Suisse 2001
Prix Saint-Exupéry 2001
Prix Chronos Littérature de Jeunesse 2002

UN JOUR, UN JULES M'@IMERA
Prix Julie des lectrices 2002
Prix de Beaugency 2002

LETTRES À DOLLY

DE L'AUTRE CÔTÉ DU MUR
Prix du Salon du livre de Limoges 2003

L'AMI

TANT QUE LA TERRE PLEURERA...

LA CHÂTAIGNERAIE
Prix des Embouquineurs, Brest 2006

LA BONNE COULEUR
Prix NRP Collèges 2006
Prix Gragnotte, Narbonne, 2007
Prix Littéraire Brivadois 2007

SUIVEZ-MOI-JEUNE-HOMME
Prix NRP Collèges 2007
Prix Chronos 2009
Prix Sainte-Beuve des collégiens du Nord-Pas-de-Calais, 2009
Prix Gragnotte de la ville de Narbonne, 2009
Prix My Mots, Collège Rambam-Maïmonide de Boulogne-Billancourt 2009

ALBERT, LE TOUBAB
Prix PEP Solidarité 2009 de Metz
Prix de la Vache Ki'Lit 2009 festival Au Bonheur des Mômes - Le Grand Bornand (73)

CUTIE BOY

collection « Des enfants font l'histoire »

À PARIS, SOUS L'OCCUPATION

collection « albums Casterman »

DANS LA MAISON DE SARALÉ